Giosuè Calaciura
Die Kinder des Borgo Vecchio

aufbau taschenbuch

Giosuè Calaciura, 1960 in Palermo geboren, ist Schriftsteller und Journalist. Seine Romane wurden in mehrere Sprachen übersetzt und vielfach ausgezeichnet. Er lebt mit seiner Familie in Rom. Für »Die Kinder des Borgo Vecchio« erhielt er den Premio Volponi.

Verena von Koskull, geboren 1970, hat Italienisch und Englisch in Berlin und Bologna studiert. Sie übertrug u. a. Matthew Sharpe, Curtis Sittenfeld, Tom McNab, Carlo Levi, Simona Vinci und Claudio Paglieri ins Deutsche.

Irgendwo im Süden, im Herzen der Stadt, wo die Menschen arm sind und das Gesetz der Straße gilt: Hier wachsen Mimmo, Cristofaro und Celeste auf. Sie haben Träume und Hoffnungen, obwohl ihnen der kindliche Blick längst abhanden gekommen ist.

Mimmos Vater, der Fleischer des Viertels, betrügt seine Kunden mit einer präparierten Waage. Cristofaros Vater, ein Trinker, schlägt seinen Sohn jeden Abend. Und Celestes Mutter Carmela, die Prostituierte des Viertels, schickt ihre Tochter auf den Balkon, wenn sie ihre Freier empfängt.

Die drei Kinder haben ein Idol: Totò, Ganove, der besser schießt als jeder andere. Sie wollen so sein wie er, sie wissen nicht, dass auch Totò von einem anderen Leben träumt …

Eine eindringliche Geschichte von archaischer Schönheit über Gut und Böse, über Träume und Vorbilder. Und über die Verletzlichkeit von Kindern, die ihren Weg in die Welt suchen.

»Giosuè Calaciura ist einer der wichtigsten italienischen Autoren.« Andrea Camilleri

»Ein Roman voller wahrer, dramatischer, zärtlicher und wunderschöner Seiten.« La Sicilia

Giosuè Calaciura

# Die Kinder des Borgo Vecchio

Roman

Aus dem Italienischen
von Verena von Koskull

aufbau taschenbuch

Die Originalausgabe unter dem Titel
*Borgo Vecchio*
erschien 2017 bei Sellerio Editore, Palermo.

MIX
Papier aus verantwortungsvollen Quellen
FSC® C083411

ISBN 978-3-7466-3801-0

Aufbau Taschenbuch ist eine Marke der Aufbau Verlag GmbH & Co. KG

1. Auflage 2021
Vollständige Taschenbuchausgabe
© Aufbau Verlag GmbH & Co. KG, Berlin 2019
Die deutsche Erstausgabe erschien 2019 bei Aufbau,
einer Marke der Aufbau Verlag GmbH & Co. KG
© 2017 Sellerio Editore, Palermo
Umschlaggestaltung zero-media.net, München
unter Verwendung eines Bildes von ullstein bild – Alfred Eisenstaedt
Satz LVD GmbH, Berlin
Druck und Binden CPI books GmbH, Leck, Germany
Printed in Germany

www.aufbau-verlag.de

## Mimmo

Er hieß Domenico, doch das wusste er nicht. Seit jeher rief man ihn Mimmo. Er war am ersten Sonntag im September geboren und mit den Füßen voran auf die Welt gekommen. Ein zarter, waldig duftender Nebel erfüllte die nieselsatte Luft, wie ihn die Stadt noch nie gesehen hatte. Andere Nebel hatten die Oberhand, schwer vom zähen Qualm der Straßenröstereien, den der Seewind zu tänzelnden Wirbeln zerstob, während er den Fleischgeruch bis in die Häuser derer trug, die nie Fleisch aßen. Halb freuten sie sich daran, halb verzehrten sie sich danach. Doch als Mimmo geboren wurde, war der Nebel leicht wie im Märchen. So hatte es ihm seine Mutter erzählt.

Als die Hebamme aus dem Kreißsaal kam, sagte sie zu seinem Vater Giovanni, der Junge sei zyanotisch, weil sich die Nabelschnur um den Hals gewickelt habe, doch vielleicht würde er durchkommen. Man müsse schleunigst in die Kinderklinik, um festzustellen, ob das Gehirn Schaden genommen hätte. Der Vater verstand nicht recht, aber ein bisschen fuchsig wurde er schon. Während sie Mimmo mit dem Auto wegbrachten, weil der Krankenwagen kaputt war, sagte der Vater zu seinem Kumpel Saverio, der Junge sei jetzt schon eine Nervensäge.

Eine Woche blieb Mimmo im Krankenhaus. Weil die Eltern nicht wussten, ob er durchkommen würde, gingen sie vorsichtshalber zum Standesamt, um ihn anzumelden. Als der Beamte fragte, wie sie den Jungen nennen wollten, antwortete der Vater: »Mimmo.« »Dann alles Gute für Domenico«, sagte der Beamte. »Doch nicht Domenico!«, antwortete sein Vater und wurde laut. »Ich habe Mimmo gesagt.« Der Beamte erwiderte nichts. Er senkte den Blick und setzte seinen Stempel. Der Vater wusste nicht, dass Mimmo die Verkleinerungsform von Domenico ist.

Die Ärzte stellten fest, dass sein Gehirn keinen Schaden gelitten hatte. Doch als Mimmo größer wurde, sagte sein Vater, statt ihn einen Grützkopf zu nennen, sein Grips habe bei der Geburt einen Hau wegbekommen. Giovanni hatte im Viertel ein Wurstwarengeschäft. Er beschummelte die Kunden beim Abwiegen der Mortadella, weil es ihm mithilfe seines gewieften Kumpels Saverio gelungen war, die Waage zu türken. Einen ganzen Sonntag lang hatte dieser mit dem Schraubenzieher hantiert, bei heruntergelassenen Rollläden, damit niemand ihn sah, hatte die Eichplomben umgangen, die Sicherheitsschrauben gelockert und sämtliche Spuren des Eingriffs beseitigt, damit die Prüfer nichts spitzkriegten. Im Gegenzug hielt sich Giovanni den Kumpel mit anderen Geschäften außerhalb des Wurstladens warm.

Von hundert Gramm Mortadella blieben Giovanni zehn. Er beschummelte die Kunden, vor allem die Laufkundschaft. Die Hungrigen des Viertels, die auf den Sonntag warteten, um den Grillfleischdunst zu schmecken, hatten ein gutes Augenmaß. Sie lagen um höchstens zwei Gramm daneben. Niemals darunter, immer darüber, wegen des Appetits. Das größte Ass war der Vater von Cristofaro, Mimmos Freund, Schulkameraden und Fluchtkomplizen. Cristofaros Vater schätzte aufs Gramm genau, kein halbes Gramm mehr, kein halbes Gramm weniger. Auf den Punkt. Cristofaros Vater lebte in seinem Eckhaus bei der Umgehungsstraße am Meer von Bier. Giovanni sagte, er begreife nicht, wie der so spindeldürr sein könne. Jeden Tag eine Kiste Bier, fünfzehn Flaschen, für 'nen Appel und 'n Ei. Aber statt vom Gärzucker fett zu werden, wurde er immer dünner. Er hatte so harte, üble Knöchel, dass er Walnüsse und Mandeln mit der Faust zerschlug.

Im Borgo Vecchio wusste man, dass Cristofaro jeden Abend das Bier seines Vaters weinte. Wenn die Nachbarn nach dem Abendbrot vor dem Fernseher saßen, hörten sie sein Jaulen, das sämtliche Geräusche des Viertels verschluckte. Sie drehten den Ton leiser und lauschten. Anhand der Schreie konnten sie erahnen, wo die Faust zuschlug, harte, treffsichere Hiebe. Und auch Tritte, doch nie ins Gesicht. Cristofaros Vater war die Ehre seines Sohnes wichtig: Niemand durfte die Schmach der blauen Flecke sehen.

Cristofaros Vater kriegte sich erst wieder ein, wenn es dunkel wurde. Für Cristofaro war das Bier ein Unglück, aber auch die Rettung. Kurz bevor der Vater ihn umbrachte, riss es ihm die Beine weg. Nur noch ein Röcheln schwebte über dem Borgo Vecchio, wie das eines kranken Hundes. Es verschmolz mit dem Klagen des Fährschiffs, das die Leinen gen Festland losmachte. Und niemand im Viertel lauschte mehr Cristofaros Winseln. Sie waren gefangen im Heulen der Fähre, das sich mit Meer vollsog und nach und nach in der Nacht versank. Sie stellten sich die Menschen vor, die über die Decks flanierten, während der Dampfer über das Wasser zog, und grübelten dem Geheimnis des Auftriebs nach. Nur dann und wann wurde die Stille ihrer Träumereien vom Geräusch des Krankenwagens getrübt, der Cristofaro holen kam. Einmal wegen eines gebrochenen Arms. Eine Woche lang ging er nicht zur Schule. Er ist die Treppe heruntergefallen, sagte seine Mutter den Lehrern. Während sie ihnen die x-te Lüge auftischte, musterten sie ihre lackierten Nägel, die duftige Dauerwelle, das schmucke Armband am Handgelenk, die dicke Schicht Schminke in ihrem Gesicht, unter der sich die Wunde ihrer Angst und Ohnmacht verbarg. Wenn sie fertig war mit lügen, blickten sie ihr nach: Ein Absatz ihrer Trittchen war abgebrochen, und sie versuchte, das Humpeln zu überspielen.

Cristofaros Vater schwor, er würde die Treppe auf eigene Kosten reparieren lassen, weil ja offenbar niemand im Haus dafür zahlen wolle. Er drohte sogar mit Anzeigen. Sie ließen ihn reden, weil sie wussten, dass er Cristofaro den Arm gebrochen hatte.

Ein anderes Mal kam der Krankenwagen, weil Cristofaros Vater einen Fehler gemacht hatte. Er hatte ein Küchenmesser genommen und ihm vom Auge bis zum Kinn die Wange aufgeschlitzt. Er kam damit davon. Niemand sollte je erfahren, was er den Ärzten erzählt hatte. Doch Cristofaro hatte alles bestätigt. Er wusste, dass sein Vater ihn eines Tages umbringen würde.

Giovanni hatte mit seinem Cousin gewettet, der nicht an die Wunder des Borgo Vecchio und die Gabe des Gewichtschätzens glaubte. Der Cousin lebte in Hamburg und kam jeden Sommer, um die marternde Hitze und den Kloakenmuff des Viertels mit den ansässigen Verwandten zu teilen. Die Ferne und die ehrliche Arbeit hatten ihn skeptisch werden lassen. »Um das Gewicht zu schätzen, braucht es eine Waage«, hatte er zu Giovanni gesagt. Dreihundert Scheine Einsatz für jeden, der Gewinner kriegt alles. Wenn der Vater wettete, meinte er es immer ernst. Auch wenn er zuschlug, meinte er es ernst. Die Wette lautete wie folgt: Wenn Cristofaros Vater das Gewicht erriet, hätte Giovanni gewonnen. Wenn nicht, würden seine dreihundert Scheine nach Deutschland wandern. Der Cousin sprach Deutsch, doch wenn ihm etwas faul vorkam, wusste er sich verständlich zu machen.

Als Cristofaros Vater wegen der Wette aufkreuzte, musterte der Cousin ihn schweigend, umrundete ihn, schloss die Augen und hob das Kinn. »Nie, bei Maria«, sagte er. Er meinte damit, dass es unmöglich sei, das Gewicht aufs Gramm genau zu schätzen. Bei Mortadella ebenso wenig wie bei jeder anderen Ware. Er sagte auch: »Wenn er es einmal schafft, kann das Zufall sein. Dreimal muss er schätzen.« Auch Giovanni musterte Cristofaros Vater. Er sah seine durstigen Augen, die von den Prügeln rot geschürften Hände, und nahm den hartnäckigen Geruch der Rülpser wahr, die einem Mahnruf oder einer Order gleich aus den Tiefen des Magens aufstiegen. Er spürte, wie der andere danach lechzte zu ersaufen. »Abgemacht«, erwiderte er.

Sie beschlossen, dass es die Waage eines Dritten sein müsse. Nicht aus Misstrauen, sagte der Cousin, »aber solche Partien werden auf neutralem Boden ausgetragen«. Sie gingen zum Eisenwarenhändler, der eine ehrliche Waage besaß. Er wog die Nägel für die Betonschalungen der Baufirmen ab. Die konnte man nicht bescheißen.

Als Giovanni Cristofaros Vater die ersten Scheiben Mortadella in die Hand legte, funkelten dessen durstige Augen. Die Abmachung lautete, wenn er richtig riet, konnte er die Mortadella und zwei Kästen Bier mit nach Hause nehmen. Hundertsieben, hundertneun und hundertdrei. So antwortete Cristofaros Vater, und dreimal gab ihm die Waage des Eisenwarenhändlers recht. Scheiße, rief Giovannis Cousin, dann redete er nur noch deutsch. Doch allen war klar, dass er in der anderen Sprache fluchte. Und sie wunderten sich, wie ähnlich der fremde Groll dem ihren war. Der Deutsche zählte die dreihundert Scheine ab und warf seinen Einsatz auf den Tresen. Während der gesamten Ferien im Viertel war von ihm kein mundartliches Wort mehr zu hören.

Cristofaros Vater fackelte nicht lange, stopfte die Mortadella in eine Nageldose, lud sich das Bier auf die Schultern und ging nach Hause. An dem Abend schrie Cristofaro nur ein einziges Mal. Die Fäuste waren so in Schwung, dass sie ihm sogar die Luft zum Weinen nahmen. Und die Leute im Viertel, die auf Cristofaros Jaulen lauerten wie auf einen Startschuss, weil es sonst keine klangliche Zerstreuung gab und es für das Fährhorn noch zu früh war, fragten sich, ob der Vater Cristofaro wohl umgebracht hatte oder über dem vielen Bier eingeschlafen war. Da sie keine Antwort wussten, fingen sie an, über das Rätsel der Stille zu fantasieren.

Am nächsten Tag in der Schule hatte Cristofaro blasse Lippen. »Geht es dir nicht gut?«, fragte die Lehrerin. Durchfall, antwortete Cristofaro. Dann sagte er, er müsse mal. Weil er sich beim Gehen zusammenkrümmte und die Hände auf den Magen presste, trug die Lehrerin Mimmo auf, ihn aufs Klo zu begleiten.

Cristofaro spuckte Blut ins Waschbecken. »Ich hole die Lehrerin«, sagte Mimmo. Cristofaro hielt ihn mit der Hand zurück. »Kein Wort«, sagte er, als er wieder sprechen konnte. Dann kehrte er mit Mimmo in die Klasse zurück. Allmählich bekamen Cristofaros Lippen wieder Farbe, und es blieb dabei. Doch weil er die Augen geschlossen hielt, glaubte Mimmo, er schliefe. »Cristofaro ...«, sagte er leise, damit die Lehrerin nichts mitbekam. Cristofaro öffnete die Lider und lächelte ihn an. Zum ersten Mal sah Mimmo den Tod in diesen Augen.

Cristofaro starb nicht. Nach der Schule begleitete Mimmo ihn bis zu seiner Haustür. Während sie das Viertel durchquerten, begegneten sie solchen, die mit ihren unverfrorenen Blicken noch immer nach einer Antwort für Cristofaros einzelnen abendlichen Schrei suchten, und solchen, die beschämt zu Boden starrten, ohne zu wissen, wieso; einige nickten, erschreckt von ihrer eigenen läppischen Hellsichtigkeit, manche Frauen hätten Cristofaro am liebsten wie einen Sohn umarmt, verharrten jedoch wie gelähmt auf der Türschwelle und machten kehrt, weil sie sich beobachtet fühlten, und manche schlossen mit sich selbst eine Wette über den Ausgang des kommenden Abends ab, und obwohl sie sich der Tragik bewusst waren, überlegten sie, welcher Spaß dem Vater wohl bliebe, wäre Cristofaro erst tot. Doch an dem Abend gab es weder Schreie noch Winseln. Weil er keine Lust hatte, den Rest des Abends zu erleben, war Cristofaro früh zu Bett gegangen und eingeschlafen. Sein Vater trat ins Zimmer. Unschlüssig betrachtete er den schlafenden Sohn. Dann zog er die Tür wieder zu. Am Morgen hatte seine Frau ihm wortlos Cristofaros Bettzeug gezeigt. Blut war darauf. Sein Vater gewährte ihm ein paar Tage Pause.

## Nanà

Als Mimmos Vater Nanà in den Borgo Vecchio brachte, standen alle am Fenster. Giovanni hatte angerufen und verlangt, sie sollten ihn auf dem Balkon erwarten. Und auch den Nachbarn Bescheid geben: Giovanni kommt mit einer Überraschung. Es war an einem Samstag im September, einen Tag vor Mimmos Geburtstag. Mimmo dachte: Jetzt kommt mein Vater mit dem Geschenk. Stattdessen tauchte Giovanni mit einem Pferd auf dem Platz des Viertels auf. Er führte es an der Kandare, und es trottete fügsam hinterdrein. Zusammen mit seinem Kumpel Saverio ließ er es über den menschenleeren Platz traben, denn es war drei Uhr nachmittags. Wieso ein Pferd, Zi'Giovanni, fragten alle auf den Balkonen. Giovanni antwortete, ohne sie anzusehen. Er hatte nur Augen für Nanà. So hieß das Pferd. Es solle an den illegalen Rennen auf dem Ring hinter dem Vorgebirge am Meer teilnehmen, erzählte er, und es werde sie alle gewinnen. Sie ist ein Champion, sagte er, aber für die anderen sah sie aus wie ein Kutschpferd. Sie ist ein Champion, wiederholte Kumpel Saverio, sie muss nur einen Monat trainieren und anständiges Futter kriegen, dann rennt sie so schnell wie früher. »Schneller als früher«, legte Giovanni nach und zwinkerte ihm zu. Weil die Neugierigsten auf den Balkonen nicht alles mitkriegten, kamen sie nach und nach auf den Platz herunter. Ein paar wollten sich dem Pferd nähern, um es zu streicheln, doch Giovanni hielt sie auf Abstand. »Achtung«, sagte er, »es tritt aus«, und Kumpel Saverio erklärte, Nanà habe einem Polypen die Beine gebrochen, als der den Kutscher nach den Papieren gefragt hätte. »Schlau ist sie nämlich obendrein«, bestätigte Giovanni, »sie hat einem Bullen die Beine gebrochen«, und alle lachten.

Die Geschichte setzte sich nur bruchstückhaft zusammen, weil Giovanni dem einen erzählte, beim letzten Rennen auf der Rennbahn sei Nanà gestürzt. Man glaubte, sie hätte sich ein Bein gebrochen, und wollte sie töten, um sie viertelweise an die Metzgereien von Porta Nuova zu verkaufen. Und Kumpel Saverio erzählte einem anderen, sie hätte sich gar nicht das Bein gebrochen, aber das hätte niemand kapiert. Es war nur eine Zerrung. Und weil sie ein Kutschpferd ersetzen sollte, das an Erschöpfung eingegangen war, habe man sie nicht getötet. Sogar Mimmo kam herunter, um zu hören, was sein Vater und Kumpel Saverio zu berichten hatten. Auch Cristofaro war auf dem Platz und wartete darauf, zu seiner abendlichen Tracht Prügel heimzugehen. »In einem Monat, höchstens zwei, rennt Nanà wieder wie früher«, sagte Mimmos Vater. »Und sie gewinnt«, legte Kumpel Saverio nach. Sein Vater wollte sofort Wetten entgegennehmen, aber Kumpel Saverio hielt ihn zurück. »Wir warten ab, bis sie wieder fit ist, und dann wird gewettet.« Bis dahin würden sie sie im Lager des Wurstladens unterstellen. Weil die Geschäfte dank der Waage gut liefen, hatte Mimmos Vater ein neues Lager angemietet. Das alte sollte als Stall herhalten.

Mimmo und Cristofaro schauten einander an. Sie sahen Nanà nicht zum ersten Mal. An den blauen Augen und dem grauen Fell hatten sie sie sofort erkannt. Sie hatte helle Wimpern und den Blick eines sprechenden Tieres. Sie war das Pferd, das sie an einem Tag Ende August nach Hause gebracht hatte.

Sie waren ans Meer gefahren, an den Strand, mit den wenigen Kröten, die Cristofaro aus der Brieftasche seines Vaters geklaut hatte. Mimmo wurde mulmig, als er ihm das Geld zeigte. »Diesmal bringt dein Vater dich um«, sagte er. Cristofaro erwiderte nichts. Sein Vater würde ihn eh umbringen.

Sie nahmen den Bus und taten so, als freuten sie sich. Der Bus fuhr durch die ferienleere Stadt, und als sie den Park durchquerten, schauten sie aus dem Fenster.

Sie fühlten sich erwachsen. Beim Anblick der Bäume ergriff sie eine unerklärliche Wehmut. Vielleicht lag es an all dem Grün, das keine Jahreszeiten kannte und nie alterte, vielleicht lag es an den schwarzen Frauen, die sich entlang der Alleen anboten und Mimmo zuzwinkerten, der zurückwinkte. Vielleicht lag es daran, dass der Sommer sich neigte und die Zeit verstrich, als würde man von einer Krankheit genesen.

Während der Bus Richtung Meer fuhr, bemerkten sie die Handtasche einer Touristin. Sie stand halb offen, und der Geldbeutel lugte einladend daraus hervor. Es wäre ein Kinderspiel. Sie hatten das schon getan, um sich den Spaß einer Wundertüte am Kiosk zu gönnen oder Brot und Aufschnitt für den Nachmittagsimbiss, wenn Mimmos Vater keinen Cent herausrückte. Als Mimmo sich der Tasche nähern wollte, legte Cristofaro ihm die Hand auf die Schulter. »Lass«, sagte er. Nach diesem Verzicht fühlten sie sich reifer. Ehe sie die Haltestelle erreichten, sagte Mimmo zu der Touristin, sie solle sich vor Taschendieben in Acht nehmen, doch sie verstand ihn nicht. Beim Aussteigen machte er eine blitzschnelle Handbewegung mit gespreizten Fingern und deutete auf den Geldbeutel, und sie bedankte sich, doch Mimmo verstand sie nicht, weil sie eine fremde Sprache sprach.

Sie gingen nicht sofort ins Wasser. Ausgestreckt im Sand, blinzelten sie in den sich auflösenden Nachmittag. Sie sahen die Spätsommerwolken, die sich mit der Hast der Natur am Horizont zusammenballten, und den Himmel, der verblasste, um dem Abend zu weichen. Als sie baden gingen, hatte sich die Luft bereits abgekühlt, und sie flitzten aus dem Wasser zurück und warfen sich in den Sand. Mimmo betrachtete die Narben und blauen Flecke auf Cristofaros Körper. Einige stammten vom Vorabend und waren feuerrot. Auch die anderen Badegäste musterten Cristofaros blaue Flecke, stießen einander an und zeigten darauf. Einer hatte sogar den Mumm, herüberzukommen und zu fragen, wo er die herhabe. »Von einer Prügelei mit Neugierigen«, erwiderte Cristofaro drohend. »Wie können wir deinen Vater kaltmachen?«, fragte Mimmo, als der Kerl davonging. »Dem muss man in den Kopf schießen«, erwiderte Cristofaro. Er meinte, Totò der Räuber habe eine Pistole. Für Raubüberfälle. Er hole sie bei den Überfällen raus, um die Opfer einzuschüchtern. Sobald sie die Pistole sahen, wussten sie, dass sie besser den Mund hielten. Mimmo kannte Totò. »Er will zweihundert Scheine, um jemanden abzuknallen.« »Dreihundert, wenn es ein Kopfschuss sein soll«, sagte Cristofaro, der besser Bescheid wusste. »Einen Treffer ins Herz kann man überleben«, erklärte er. »Dann besteht die Gefahr, dass das Opfer den Schützen identifiziert und dahinterkommt, wer der Auftraggeber ist. Deshalb will Totò immer dreihundert Scheine.« Sie überlegten lange, wie sie Totò bezahlen könnten. In ihrer Fantasie versuchten sie, das Geld zusammenzukriegen, und stellten sich vor, an den Münzen für die Spielautomaten, den Einsätzen am Bolzplatz, den Limonaden in der Schulpause zu sparen. Sie bereuten es, den Geldbeutel im Bus nicht genommen zu haben, und erwogen, sich andere zu suchen. Doch die Leute waren geizig und vorsichtig geworden. Die letzten Male war in den Geldbeuteln nur ein bisschen Kleingeld gewesen, nicht einmal genug für eine Wundertüte. Sie erzählten einander das Märchen von den Buspendlern, die aus Bosheit falsche Brieftaschen in der Jacke hatten, gefüllt mit scheingroßen Zeitungsschnipseln, und im Geldbeutel alte Knöpfe. Sobald sie einen Taschendieb erspähten, stellten sie sich neben ihn und ließen ihre prallen Taschen sehen. Sie öffneten die Arme und taten so, als wären sie in Gedanken woanders, schlossen die Augen, als würden sie schlafen, und machten sich zu leichten, wehrlosen Opfern. Sie ließen zu, dass die Hände sacht unter die Jacke glitten, wie bei einer Leibesvisitation zwischen den Kleidern herumtasteten, und erleichterten die Suche, indem sie sich hierhin und dorthin drehten und die Finger zur fraglichen Innentasche lotsten. Und wenn der Taschendieb mit heißen Wangen ob der gewichtigen Beute beim nächsten Halt ausstieg, erwachte der Bestohlene aus seinem Dämmerschlaf und schickte ihm durch das Fenster ein höhnisches Grinsen hinterher, das der nicht verstand. Der Groschen würde erst später fallen.

Mimmo sagte, Totò der Räuber würde seine Pistole vielleicht herleihen. Vielleicht gegen Geld. »Wir tun es selbst, wir machen deinen Vater kalt und bringen sie Totò zurück.« »Unmöglich«, entgegnete Cristofaro, »Totò verleiht seine Pistole nicht.« Eine Gruppe Jungs in der Nähe beschloss, baden zu gehen. Sie ließen ihre Schuhe und Kleider direkt neben Mimmo und Cristofaro liegen. Ein goldenes Paar Fußballschuhe schimmerte im letzten Nachmittagslicht. Sie hatten Gummistollen und das Autogramm eines berühmten brasilianischen Fußballstars auf der Seite, Cristofaros Lieblingsspieler. Jedes Mal wenn er auf dem Bolzplatz ein Tor schoss, ließ er sich so nennen wie er, und nach jedem Treffer putzten seine Mitspieler ihm den Schuh, genau wie im Fernsehen. Cristofaro klaubte seine Kleider zusammen und sagte, es sei Zeit zu gehen. Mimmo verstand nicht, doch kaum hatte sich Cristofaro die goldenen Schuhe geschnappt, rannte er mit ihm los. Noch nass, die Kleider in der Hand, flitzten sie barfuß über den Strand. Hin und wieder verloren sie ein T-Shirt oder ihre Hosen und mussten anhalten, um sie wieder einzusammeln. Sie rannten und spähten über die Schulter, um zu sehen, ob jemand den Diebstahl bemerkt hatte, sie rannten und lachten, weil sie noch nie ein Paar Schuhe geklaut hatten. An der Straße zogen sie sich an. Cristofaro versteckte die goldenen Schuhe unter seinem T-Shirt, dann machten sie sich auf den Weg zur Endstation des Busses, der sie in die Stadt zurückbrachte.

An der ersten Haltestelle stiegen drei Jungen ein. Sie setzten sich Mimmo und Cristofaro gegenüber. Schweigend starrten sie über ihre Köpfe hinweg nach draußen. In der Mitte saß der ohne Schuhe. Er hatte rot geweinte Augen. Ein Kind. Ab und zu ein Schluchzer und eine Träne. Er wackelte mit den Zehen, als tasteten sie nach den Schuhen. Kaum meinte er, sie noch an den Füßen zu spüren, fiel sein Blick nach unten, und er brach erneut in Tränen aus. Cristofaro musterte ihn. Jetzt hatte der Bus die Stadt erreicht. Cristofaro gab Mimmo ein Zeichen. Sie standen auf und stiegen aus. Cristofaro konnte dieses Weinen nicht ertragen. Er hatte sogar überlegt, die goldenen Schuhe unter seinem T-Shirt hervorzuziehen und sie dem Jungen zurückzugeben. Deshalb war er aus dem Bus gestiegen.

Bis zu Hause war es noch weit. Mimmo und Cristofaro wanderten eine große, von Mietshäusern gesäumte Straße entlang. Allmählich glommen hinter den Fenstern die Lichter auf, denn es war Abend geworden. Hin und wieder warfen sie einen Blick zurück, um zu sehen, ob noch ein Bus käme. Doch die Straße, die sich sanft ansteigend Richtung Meer verlor, war leer. Nur eine Droschke war zu sehen und kam in trägem Heimkehrertrott heran. Nanàs Droschke. Mimmo stellte sich ihr in den Weg und fragte den Kutscher, wohin er unterwegs sei. Der Kutscher hob die Hand und deutete vage geradeaus. Als Mimmo fragte, ob er sie mitnehmen könne, zog er wortlos an ihnen vorbei. Dann forderte er sie mit einer Geste zum Einsteigen auf. Zum ersten Mal nahmen Mimmo und Cristofaro eine Droschke. Sie kamen sich vor wie Touristen und betrachteten die Stadt, als sähen sie sie zum ersten Mal.

Sie streiften die abendlich duftenden Zitrusgärten der Peripherie, die bereits Früchte verhießen, bestaunten Tuffsteintreppen, die aussahen wie die Muschelschalen fossiler Urzeittiere, und ließen sich von der Stille der herabgelassenen Rollläden und der Ruhe der Vorstadt einlullen. Und während Nanà sie zum Schlaflied ihrer klappernden Hufe wiegte, schlossen Mimmo und Cristofaro die Augen und nickten ein. Sie sahen weder die gleichfalls schlummernde Stadt, die sie durch ihre Träume ziehen ließ, noch den Alten auf dem Balkon, der darauf wartete, sich zu Tisch zu setzen, und ihnen nachschaute, wie wenn er bereits den Leichenwagen erahnen würde; als seine Frau ihn zum Essen rief, musste er an das letzte Abendmahl denken. Sie sahen das spätsommerlich blinkende Gelb der Ampeln nicht, das alle von jeglicher Hektik und Mühsal lossprach, und auch nicht die zur Abendmesse läutenden Kirchen, in die sich die Rentner flüchteten, um dem lauten Plärren der Fernsehnachrichten zu entgehen, von denen sich keine Meldung mehr lohnte. Und als sich der Kutscher kurz nach ihnen umdrehte, um die verdächtige Stille mit der Frage zu durchbrechen, wo sie aussteigen wollten, sah er sie, wie nicht einmal ihre Mutter sie je gesehen hatte, so ausgeliefert, so neugeboren, trotz der Kennmale der Jugend, die unaufhaltsam sind wie der Herbst, er sah sie so einsam in der Welt und gegenüber der Willkür Gottes, der unerbittlichen Gewalt der Natur, und er erkannte sie an den jeglicher Sanftheit baren Zügen, so gefangen im geheimnislosen Traum der Kinder des Borgo Vecchio. Er erkannte sich selbst in ihren identischen Profilen, in der von mangelnden Verheißungen verdüsterten Stirn, und empfand Mitleid mit ihnen und mit sich selbst. Ohne zu wissen warum, streichelte er scheu über Cristofaros noch glatte Wange. Mit der Hellsicht der Berührung spürte er die Narbe der Verletzung, die erst noch kommen sollte, aber seit der Geburt darauf wartete, auf Cristofaros Gesicht zu erblühen. Er betrachtete die beiden, während Nanà führungslos nach Hause zurückkehrte, der Klugheit der Erinnerung in feierabendlichem Tempo folgend.

Als die Droschke den Theaterplatz erreichte, weckte er die Jungen mit einem barschen Schnalzen. Mimmo und Cristofaro umarmten Nanàs Kopf, die sich mit ihren blauen Augen bedankte, und machten sich auf den Weg, denn der Himmel hatte sich bereits nächtlich verfärbt.

Vor der Haustür verabschiedete sich Cristofaro von Mimmo. Dann rannte er los, denn er war spät dran. Die zehn Kröten, die er nicht ausgegeben hatte, mussten unbedingt in die Brieftasche seines Vaters zurück. Unversehrt schaffte er es durch das Wohnzimmer, wo der Fernseher lief. Sein Vater wandte ihm den Rücken zu und bemerkte ihn nicht. Er schlüpfte in das elterliche Schlafzimmer, nahm das Portemonnaie von der Kommode und wollte gerade das Geld hineinstecken, als die Tür aufflog. Das war der Moment, in dem sein Vater zum Küchenmesser griff.

Inzwischen bockte Nanà gegen das Schaulaufen über den Platz, das Giovanni ihr aufzwang. Sie warf den Kopf hin und her und rührte sich schließlich nicht mehr vom Fleck, genau wie die archaischen Esel, die noch immer die Karren der Gemüseverkäufer durch das Viertel ziehen. Unmöglich, sie zum Ziel zu bewegen, weder im Guten noch im Bösen, mit Knüppelschlägen auf Schenkel und Gelenke. Bei jedem Hieb senken sie das Maul noch ein wenig mehr, um dem Zerren am Zügel und den Flüchen zu widerstehen, denn sie kommen von weit her, aus fernen Zeiten, als sie die Last wilder Zitronen trugen, die ohne das Zutun der Wissenschaft dank der natürlichen Kraft der Schöpfung gediehen. Sie wollen nicht weitergehen, weil sie nicht wissen, ob es aus den Gassen des Borgo Vecchio je wieder ein Zurück gibt. Hinter ihnen stauen sich die alten Fuhrwerke, die mit modernen Auspuffen und den elektrisch betriebenen Gefährten der Zukunft kollidieren. So entwachsen der Bedeutungslosigkeit einer einsamen, düsteren Straße hermetische Verstopfungen, die jede städtische Bewegung Stück für Stück lähmen, bis zur endgültigen Verkehrsthrombose, die alle dazu zwingt, ihr Tagwerk ebenso abzuschreiben wie die resignierte Heimkehr, weil an Wenden nicht zu denken ist. In der Einsamkeit ihres Fahrzeugs verharrend, beobachten sie das Wunder des vorbeiziehenden Tages, berauscht von der Erkenntnis, wie lang vierundzwanzig Stunden sind, und während Sekunde um Sekunde verstreicht, spüren sie, wie dem Leben jede Schönheit entweicht.

Erst als Mimmo auf Nanà zutrat und sie im Wasser ihrer blauen Augen betrachtete, schien sich das Pferd aus seiner Starre zu lösen und kam auf ihn zu, um mit der Schnauze seine Brust zu berühren. Giovanni überließ Mimmo die Zügel, solang das Pferd sich gefügig zeigte. Mit Mimmo und Cristofaro im Gleichschritt führte Nanà sie von dem stickigen Platz in die weniger belebten Gassen, und alle folgten ihnen in einer ziellosen Prozession durch enge, uralte Kopfsteinpflasterserpentinen, in denen selbst die ältesten Bewohner noch nie gewesen waren, und drangen bis in den Bauch des Viertels vor.

Sie trafen Menschen wieder, die seit den Bombardierungen der Alliierten verschwunden schienen und sich über die Mündung ihrer Gassen nie hinausgewagt hatten.

Jetzt zogen sie im Triumph des vorweg marschierenden Pferdes die Hauptstraße entlang. Mimmo und Cristofaro strahlten vor Stolz, weil sie jeden Blick des Viertels mit Nanà teilten. Und als die Skeptischsten sich Giovanni in den Weg stellten, um ihm die Sache madig zu machen – was denn, Zi'Giovanni, ein Pferd braucht Pflege, einen Stallknecht, ärztliche Versorgung, das Tier ist empfindlich, einmal krank, immer krank, und wer striegelt es, Zi'Giovanni, es braucht Geld und Zuwendung –, gab ihnen Giovanni mit überschwänglicher Geste zu verstehen, dass für alles gesorgt sei, Geld sei kein Problem, und was den Stallknecht betreffe: Hatten sie denn nicht gesehen, wie gut Mimmo sich anstellte? Er werde sich um Nanà kümmern. Mimmo und Cristofaro spürten die Ernsthaftigkeit des Versprechens, denn es war öffentlich gemacht, und Giovanni konnte sich nicht erlauben, seine Meinung zu ändern. Sie wünschten, dieser Krönungsumzug würde nie enden. Es war eine doppelte Krönung, denn wo Mimmo war, war auch Cristofaro. Als sie am Balkon ihrer Schulkameradin Celeste vorbeikamen, der Tochter der Nutte Carmela, forderten sie sie auf, sich dem Triumphzug anzuschließen. Unmöglich, gab ihnen Celeste mit dem Kinn zu verstehen, ihre Mutter arbeite, sie komme nicht durch das Zimmer zur Wohnungstür. Doch sie werde dazustoßen, sobald sich das Balkonfenster wieder öffnete.

Wochentags hielt sich Celestes Mutter an gewöhnliche Arbeitszeiten, doch sonntags besserte sie die Einnahmen mit flexiblen Überstunden auf. Nach dem Sonntagsessen verlangte sie Dringlichkeits- und Unannehmlichkeitszuschläge, die sich verdoppelten, wenn der Freier zusätzlich einen Kaffee wünschte. Alle fragten sich, wer wohl gerade bei Carmela sei, und blickten prüfend in die Runde, ohne recht zu wissen, wer beim Appell fehlte. Um seine Gewichtigkeit unter Beweis zu stellen, beschloss Giovanni aus Daffke, Celeste an dem Fest teilnehmen zu lassen. Er befahl, einen Möbellaster umzuparken und unter den Balkon zu stellen.

Es war ein Pritschenwagen mit Planenaufbau, der die hoffnungslosen Familien wegbrachte, nachdem die Gerichtsvollzieher ihre wenigen Möbel gepfändet und den Kuckuck der Zwangsräumung draufgeklebt hatten. Dann wurden sie am Rand der noch unfertigen Peripherie abgeladen, und man hörte nie wieder etwas von ihnen.

Mit der bedächtigen Wendigkeit der Stämmigen kletterte Giovanni auf das Dach des Lieferwagens, reckte sich zum Balkon, nahm Celeste auf den Arm und ließ sie unter Beifall und Gelächter auf Nanàs Rücken gleiten. Die Prozession setzte sich wieder in Bewegung, mit Celeste in Pantoffeln, die sich an den Hals des Pferdes klammerte. Sie lachte bang und froh, ihrer Verbannung entkommen zu sein.

Als Signal an ihre Tochter und die Freier, die nur bei geöffneten Balkontüren klingeln durften, öffnete Carmela nach getanem Dienst die Läden, setzte sich aufs Bett und fuhr fort, ihre Fußnägel zu lackieren. Himmelblauer Nagellack. Alles in Carmelas Wohnung war himmelblau. Aus Aberglauben. Das Negligé und das Bettzeug, die Wände und der Kühlschrank, die Klobrille und die Plastiktischdecke für das Mittagessen. Sie hatte himmelblaue Zimmerdecken, damit die Freier sich während ihrer Dienste im Paradies wähnten. In Wirklichkeit war die Farbe für sie allein bestimmt, weil es die Farbe der Vergebung war. Sie hatte sie an dem Mantel einer Madonna entdeckt, die sie sorgfältig aus einer Zeitschrift ausgeschnitten hatte, um sie übers Bett zu hängen. Vom Tischler hatte sie sich einen Rahmen bauen lassen, zum Preis eines ganzen Tages bei verrammeltem Balkon. Und wenn sich manch ein Freier beschwerte, gewisse Dinge tue man unter den Augen der heiligen Muttergottes nicht, entgegnete Carmela, auch die Muttergottes sei eine Frau gewesen, und alles, was sie sehe, würde sie verstehen. Und verzeihen. Zur Bestätigung deutete sie auf den dunklen Rand an der Wand, den das Hochwasser hinterlassen hatte: Just unter dem Madonnenumhang hatte es haltgemacht. Die Madonna hatte dem Zorn Gottes den Hahn abgedreht, als dem wieder einmal der Sinn nach einer Sintflut stand, um sämtliche Sünder des Viertels zu ersäufen. Angesichts dieses Wunderbeweises im Zimmer der Sünde blieb den Freiern nichts weiter übrig, als ihren erneuten Besuch in Aussicht zu stellen und wie nach der Sonntagsbeichte mit Gottes Gnaden hinzugehen, derweil Carmela sich vor der Muttergottes bekreuzigte, ihr prüfend in die Augen sah und feststellte, dass sie ihr ein weiteres Mal vergeben hatte. Sie hatte ihr auch vergeben, als sie mit Celeste schwanger wurde. Und als sie ab dem fünften Monat gezwungen war, ihre Dienste an den Männern einzustellen und den ganzen Sommer mit verrammeltem Balkon zuzubringen, damit niemand klingelte, war ihr sogar, als blickte die Madonna noch zufriedener drein.

Die letzten Monate der Schwangerschaft verbrachte Carmela nackt in der Gluthitze der Wohnung. Sie tigerte zwischen dem Schlafzimmer, der Küche und dem Bad hin und her und spielte Eva im Garten Eden. In eine Ecke gekauert, aß sie Obst und spuckte die Kerne auf den Fußboden, trank Wasser aus der Leitung, als wäre sie ein Quell, und fühlte sich bereit, den ersten Menschen zu gebären. Wenn die Nachmittagshitze unerträglich wurde, fiel sie in ekstatischen Halbschlaf.

Sie sah die Madonna aus dem Rahmen herabsteigen und in einem Hosianna aus himmelblauen Funken durch das Zimmer stieben, sie roch ihren nach Gebirgswald duftenden Atem, der fürsorglich ihr Gesicht berührte, nahm die sanfte Abschiedsgeste wahr, die ihr wie Zugluft übers Haar strich, und spürte den Schauder ihrer heiligen, Segen spendenden Hand.

Sie erwachte, sobald der Abend die ersten Schatten warf, die Schwüle sich hob und von der Straße die Stimmen derer empordrangen, die die Bruthitze überlebt hatten und einander aufsuchten, um zu berichten, wie man dem Schirokko ein Schnippchen schlug. Carmela stand auf, um sich im Badezimmerspiegel zu betrachten. Sie fand sich wunderschön, mit den großen Brüsten, dem prallen Gesäß und all den weichen Rundungen der Gebärenden. Gewiss würden die Freier sehr viel mehr als den vereinbarten Obolus zahlen, wenn sie das Balkonfenster öffnete. Mehr als einmal war sie versucht, das Fenster und die Läden aufzureißen, um sich zu zeigen, so reif und bereit. Sie hatte den Griff schon in der Hand, doch sie beherrschte sich. Das war ihr kleines Opfer für die Madonna, während sie in Erwartung der Niederkunft die Ersparnisse eines ganzen Jahres aufbrauchte.

Doch die Madonna verwehrte ihr die Gnade einer schönen Tochter. Jeden Morgen, wenn sie Celeste für die Schule weckte, las sie in ihrem mageren, olivfarbenen Gesicht die Ohnmacht der Muttergottes, die es nicht vermocht hatte, ihr den Odem der Schönheit einzuhauchen. Höhere Mächte hatten ihr den Atem geraubt, damit Carmelas vergebene Sünden auf ihre Tochter übergingen. Ehe Celeste die Augen aufschlug, hatte Carmela alle Zeit, stumme Tränen über die vorspringenden Wangenknochen, das schwarze Kraushaar, die buschigen, vom göttlichen Stift in kindlicher Traurigkeit gezeichneten Brauen, die schmalen Schultern eines knochigen, ausgezehrten Vogels zu vergießen. Dann war die Traurigkeit der Hüften und der Beine an der Reihe, die so lang und dürr waren, dass sich die Schenkel nicht einmal erahnen ließen, und Carmela fraß sich in ihrer Sorge fest, denn sie konnte sich für Celeste keine andere Zukunft vorstellen als die einer lausig bezahlten Nutte an den windigen Küstenstraßen der Provinz, auf die sich nur die Verzweifeltsten, Einsamsten und Gottverlassensten verirrten, die Einzigen, die auf der Suche nach Liebe das trostlose Fleisch ihrer Tochter entern würden. Oder sie sah sie als Stundenfrau in den blitzsauberen Häusern der Neustadt vor sich, wo man sie höchstens genug verschnaufen ließe, dass sie über ihr Unglück nachdenken konnte. Doch sie liebte diese Tochter ohne Zukunft. Aus Mitleid hatte sie auf dem Balkon ein Wetterdach bauen lassen, damit Celeste während der langen, winterlichen Dienststunden nicht im Regen stand. Um sie noch besser vor der Nässe zu schützen, hatte sie ihr eine wetterfeste Winterjacke und Skihandschuhe gekauft, die an den Ärmeln festgenäht waren, damit sie nicht verlorengingen. Um keine Zeit zu verlieren, wenn es klingelte, hielt Celeste alles griffbereit. Beim ersten Läuten klappte sie das Schulbuch zu, schlüpfte in die Jacke und trat auf den Balkon hinaus. Ihre Mutter verriegelte Fenster und Läden, und sie starrte auf die regennasse Straße, addierte die Spiegelbilder der Autos, subtrahierte Regenschirme, zählte die Passanten und teilte sie in Kategorien ein: die Schlendernden, die Hastenden, die mit Hut, die mit Bart, die Männer, die Frauen.

Als Carmela merkte, dass sich die Tochter mit der Rückkehr aus ihrem Balkongefängnis Zeit ließ, versuchte sie es mit nachmittäglichen Koseworten. Sie wusste, dass Celeste gern trödelte, denn hatte sie erst mit ihrer Straßenzählung begonnen, war an ein rasches Ende der Rechnerei kaum zu denken. Nach weiteren vergeblichen Rufen spähte Carmela auf den Balkon hinaus und erblickte die spontane Prozession, die sich die Straße entlangzog, mit Celeste auf Nanàs Rücken an der Spitze, und ihre Augen füllten sich mit Tränen, denn so etwas würde nie wieder passieren, und sie scherte sich nicht um das Gelächter, den spöttischen Applaus oder das vielsagende Zwinkern, das man sich in den Gassen zuwarf, kaum war sie auf den Balkon getreten. Sie weinte um Celeste, denn gewiss würde der Vorhang dieser Bühne für immer fallen und ihre Tochter lebenslang hinter den Kulissen bleiben. Auf dem hastigen Weg zur Treppe hielt Carmela kurz vor der Madonna inne, um ihr zu danken. Sie sah, wie die Güte des farbecht gedruckten Marienlächelns wuchs: Danke nicht mir, sagte es, danke dem Pferd. Und des Zutuns der Muttergottes gewiss, hastete Carmela die Treppe hinunter zur Haustür.

Dort traf sie auf ihren angststarren Freier, der nicht erkannt werden wollte und darauflauerte, dass sich der Menschenstrom verlief. Sie beschwichtigte ihn und versprach ihm eine sichere Flucht, weil sie sämtliche Blicke und Gehässigkeiten auf sich zöge. Als sie in ihren himmelblauen Pantoffeln die Haustür öffnete und sich, nur in das himmelblaue Feierabendnegligé gehüllt, im sonntäglichen Nachmittagslicht zeigte, erschien sie allen wunderschön und ohne Schande. Selbst die Frauen, die sich aus Gewohnheit bekreuzigten, sobald sie ihr begegneten, hielten auf der Höhe des Vaters inne und erahnten die Blasphemie ihrer Geste, inmitten des von sündigen Umarmungen gelösten Haars nicht das Antlitz der Madonna mit dem Mantel erkannt zu haben. Dann führten sie das Kreuzzeichen zu Ende, um, statt Strafe zu erbitten, ein Stück Vergebung zu erlangen.

Die Prozession machte Platz, um Carmela einzulassen. Sie war wild und rein in ihrem Negligé, aus dem weiß die sonnenentwöhnte Haut hervorblitzte, und schien ganz aus Licht zu sein, während sie zu ihrer Tochter auf Nanàs Rücken aufschloss und an deren Seite durch die Straßen schritt, und Mimmo und Cristofaro lachten, weil sich nun niemand mehr auf den Instinkt des Pferdes verließ, sondern alle in der Gewissheit vorandrängten, wieder auf dem rechten Weg zu sein. Sie zogen an den hundertjährigen Alten vorbei, die die Obstkisten auf dem Markt mit ihren Blicken bewachten, einen Vorgeschmack des schwindenden Tages auf den Lippen. Nun dauert es nicht mehr lang, raunten sie einander zu, als sie Celeste auf Nanàs Rücken erblickten, der Tod kommt immer zu Pferde. Sie zogen an der Jesuskirche mit den Aposteln vorbei, die sich um den auferstandenen Christus mit der fragend zum Segen erhobenen Hand scharten, und ließen ihn ohne Antwort zurück, denn hinter der nächsten Ecke lag der Stall.

## Die Sintflut

Nanàs Stall war sauber wie ein Krankenhaus. Jeden Abend wienerte Mimmo ihn mit Küchenseife, Fliese für Fliese, und dann mit Essig, weil seine Mutter ihm erklärt hatte, der desinfiziere wie Alkohol bei einer Spritze, nur besser. Wenn Mimmo fertig war, ließen er und Nanà sich wie Salatblätter in einer Schüssel in den Essigdämpfen treiben, die den Stall erfüllten.

Mimmo hatte die Poster seiner Lieblingsfußballer aufgehängt. Weil er die Tage nun bei Nanà im Stall verbrachte, hatte er sie von seinen Zimmerwänden gepflückt und auch das Kinderspielzeug in einem eigenhändig zugeklebten Karton versenkt. Sogar sein Bett erschien ihm wie das eines anderen. Er hatte die elektrisch beleuchteten Heiligenfigürchen von Padre Pio aufgestellt, damit Nanà sich nicht allein fühlte, wenn er nach Hause ging, und daneben ein Kruzifix und das Konterfei eines neapolitanischen Sängers. Mit einem Kassettenrekorder spielte Mimmo dem Pferd dessen

Lieder über unerwiderte Liebe vor, in denen die Angebetete ihn keines Blickes würdigte und ihm ein Messer in die Brust trieb, weil sie mit einem anderen liebäugelte, und sang aus voller Kehle mit, um seinem Herzen Luft zu machen.

Als die letzte Note auf den blanken Stallfliesen verklungen war, erklärte Mimmo Nanà, was die Liebe war. Und Nanà hörte zu. Die Schilderungen stammten allerdings aus zweiter Hand, wie Mimmo Nanà gestand, denn Celeste gab jeden Tag auf dem Schulklo Unterricht und kannte sämtliche Stellungen, um Kinder zu kriegen, und auch die geheimeren, um Tiere zu kriegen, die noch ärmer dran waren als Kinder. Eins ums andere Mal erzählte er, wie man je nach elterlicher Körperstellung Schafe kriegte und Ziegen und alle möglichen Hoftiere, aber auch Haustiere wie Hunde und Katzen und sogar Pferde. Er fragte Nanà nach ihrer Mutter und ihrem Vater, denn wer weiß, vielleicht waren sie verwandt, schließlich gab es auch eine Stellung, um Grützköpfe zu kriegen, die der Frau nicht aus dem Bauch, sondern aus dem Arsch krochen. Wie sein schwachsinniger Cousin Nicola, der im Hof mit dem Novemberlamm emsig um die Wette fraß. Onkel und Tante hatten gemerkt, dass Nicola und das Lamm ähnlich tickten und gut miteinander konnten, außer zu Futterzeiten, wenn Nicola das Lamm mit Kopfstößen von seinem Napf vertrieb. Schon lange hatten sie dem

Cousin keine Gabel mehr in die Hand gedrückt, weil er nichts anderes damit anzufangen wusste, als sie den Tieren wie ein Folterinstrument in die Flanken zu rammen. Nicolas Gesicht und Arme waren von den unleidigen Bissen der Hunde gezeichnet. Die Verwandten meinten, es gehe ihm besser, wenn er von Allerseelen bis zur Heiligen Woche im Schafverhau im Hof schlief. In den kältesten Nächten wärmten der Cousin und das Lamm einander, denn eine Wolldecke war das Tier ja schon. Mimmo erzählte Nanà, im Dezember würden die Verwandten das Schaf wie einen Christbaum schmücken, mit goldenen und silbernen Sternschnuppen und bunten Kugeln, damit der liebe Gott Nicola in seinem Unterschlupf nicht vergaß. Schließlich war Seinem neugeborenen Sohn diese Verlorenheit nicht fremd: Auch Er hatte in einem unwirtlichen Stall gehaust. Nicola freute sich an dem Christfest im Schafstall mit dem glitzernd aufgeputzten Lamm, er feierte es mit einträchtigem Blöken, klatschte wie ein Säugling in die Hände und umarmte es wie ein Liebhaber. Dem Lamm war dieser Überschwang zu viel, es schleifte die Girlanden von einer Hofecke in die andere, um sich irgendwo zu verschanzen und seiner weihnachtlichen Strafe zu entgehen. Dann kam der Trubel des Silvesterabends, wenn Onkel und Tante samt Verwandtschaft zum Mitternachtsprosit bei Nicola im Hof vorbeischauten.

Er sei auch jedes Mal dabei, erzählte Mimmo Nanà, zusammen mit seinem Vater Giovanni und der Mutter. Giovanni warf Nicola eine Scheibe Panettone in den Napf und half dem Onkel, dem Flitter noch eins draufzusetzen und dem Schaf eine bunte Lichterkette umzuwickeln. Giovanni hielt die Vorderläufe und der Onkel die Hinterläufe, dann wurde der Stecker eingesteckt. Kaum erstrahlte das Lamm in rhythmischem Blinken, packten die Männer noch fester zu, denn es wand sich aus panischer Angst vor dem Flackerlicht, das polyphemische Schatten an die Mauern warf. Die Silvesternacht war für das Tier der Tiefpunkt des Grauens. Doch tags darauf beruhigte es sich wieder, weil die Verwandten ihm die Lichterkette und die bunten Kugeln für das nächste Novemberlamm abnahmen und nur die hinderlichen Sternschnuppen und Girlanden übrig ließen, die es durch die Pfützen des Januarregens schleifte und in denen es sich verhedderte. Je mehr es sich davon zu befreien versuchte, desto enger zogen sich die Schlingen um seine Läufe, bis es schließlich im Schlick seiner eigenen Exkremente und derer des Jungen zusammenbrach, der, weil er das Gleiche fraß, inzwischen köttelte wie ein Wiederkäuer. Mit der Langmut seiner Spezies und der Ergebenheit jener Tiere, denen die heraufziehende Abenddämmerung wie eine Erlösung erscheint, lag das Lamm im jauchigen Hof und starrte in den Himmel. Und als der Abend kam, blökte es nicht mehr.

Mimmo erzählte Nanà, er und Cristofaro hätten keine einzige Osterpassion der Lämmer verpasst, und jeden Palmsonntag gingen sie frühmorgens mit Giovanni mit, der sich vor den Verwandten brüstete, mit Tieren kenne er sich aus. In Wirklichkeit kümmerte sich Giovanni nur um die Verwurstung und hatte den Schlachter seines Vertrauens im Schlepptau, der über die nötige Technik und das Werkzeug verfügte. Man musste das Lamm nicht einmal einfangen, sondern nur aus der nächtlichen Umarmung des Cousins in der hinteren Ecke des Schafstalls befreien, wo sie einander wärmten und sich gegenseitig über das heraufdämmernde Henkersurteil hinwegtrösteten. Widerstandslos ließ es sich packen, Giovanni nahm es auf den Arm und legte es auf den Rinnstein, und alle scharten sich im Kreis darum, um zuzusehen. Wenn dann der Metzger mit dem Messer kam, schrie nicht das Lamm vor Angst, sondern Cousin Nicola.

Die Verwandten lachten und meinten, im Grunde sei er wohl doch nicht so bekloppt, immerhin habe er begriffen, dass es seinem Zeitvertreib an den Kragen gehe. Und während Nicola verzweifelt heulte und blökte, schlitzte der Metzger dem Lamm die Kehle durch und ließ das Blut in den Abfluss strömen. Das Tier musste sich erst leeren, ehe man weitermachte. Mimmo und Cristofaro sahen zu, wie das Lamm auskeilte, nicht aus Gegenwehr, sondern krampfend im

Tod, und schließlich den Kopf auf den Stein sinken ließ und sich nicht mehr rührte. Mit dem Messer setzte der Metzger am Lauf einen Schnitt und blies darauf, um die Haut vom Fleisch zu trennen. Dann hängten sie das tote Tier an einen Haken und zerlegten es. Giovanni wusch die Innereien im Spülstein, derweil die Verwandten mit dem Holz der Obstkisten eine Glut entfachten und die Innereien im sich kringelnden Rauch rösteten, um dem Viertel Bescheid zu geben.

Die Ersten, die auftauchten, waren die Nachbarn. Mit der Ausrede der Neugier drückten sie sich im Hauseingang herum. Dann folgten auch die von weiter her den Rauchspiralen, die sich kometengleich in den Himmel des Borgo Vecchio schraubten, und kratzten an der Tür. Die Freigiebigkeit der Familie ließ keinen hungrig zurück. Giovanni versicherte den Verwandten, so könnten sie mit wenig Einsatz viel hermachen, und alle hätten einen Grund, ihnen dankbar zu sein. Dann luden sie Mimmo und Cristofaro die Lammviertel auf den Rücken, die bis zum Osteressen im Kühlschrank des Wurstgeschäftes gelagert werden sollten. Giovanni und die Verwandten blieben im Hof und versuchten, Nicola aus dem Viehverhau zu zerren, wo er sich aus Furcht, nun auch unters Messer zu kommen, verkrochen hatte. Sie packten ihn bei den Armen und Beinen, rissen ihn aus seinem Winterquartier und schleiften ihn in die Wohnung hinauf. Aber dann mussten sie doch noch einmal hinunter, weil sie seinen Fressnapf vergessen hatten.

Als es in Nanàs Stall dunkel wurde, kam Cristofaro auf dem Rückweg vom Bolzplatz vorbei, um sich Zuspruch zu holen. Er hatte seinen Vater mit dem Bierkasten auf dem Buckel getroffen und spürte das abendliche Stelldichein näher rücken. Mimmo und Cristofaro saßen im Dunkeln und lauschten Nanàs Atem, der dem rhythmischen Rauschen des Meeres glich. Sie grübelten über Celeste nach, die Mimmo mit den Worten des neapolitanischen Sängers liebte und dieses Geheimnis mit Cristofaro und Nanà teilte. Er erzählte, wie unwohl ihm bei Celestes Beschlagenheit in Liebesdingen wurde. In der Schule machte er einen Bogen um die feixenden Grüppchen derer, denen sie nicht geheuer war und die sich Schmähverse ausdachten, weil ihre Mutter eine Nutte war, genau wie die Großmutter, und um sich Celestes Versiertheit zu erklären, hangelten sie sich von einer Generation zur nächsten bis zu den Anfängen ihres Familienhandwerks. In Wirklichkeit hatte Celeste, um sich während ihrer Balkongefangenschaften die Zeit zu vertreiben, mit dem Bleistift beharrlich ein Guckloch in die Fensterläden gebohrt, hinter dem sich ihr das Zimmer offenbarte, wo die Mutter betend auf dem Bett vor der Madonna mit dem Mantel kniete und alle Männer des Viertels sich über ihr krümmten. Sie hatte sämtliche Verrenkungen und jedes Stöhnen mitbekommen, und auch, wie man die Sache beschleunigte oder verzögerte, dazu die Preise und Zuschläge, die Vorsichtsmaßnahmen und Bluffs sowie die Maße aller Väter ihrer Schulkameraden, denn es gab nicht einen, der nicht in Carmelas Paradies geseufzt hätte. Um sich für die Spottverse zu rächen, stellte Celeste die Mitschüler mit den kümmerlichen Schwänzen ihrer Väter kalt, die problemlos in den kleinen Zwischenraum zwischen Zeigefinger und Daumen passten, den sie mit erhobener Hand markierte, wenn sie mit eiskaltem Lächeln an ihnen vorüberging. Sie gaben es bald auf, Celeste zu provozieren, die ihre einzige Gewissheit – die väterliche Männlichkeit – zu verletzen verstand, und waren nicht schlagfertig genug zu erwidern, dass sie nur neidisch darauf sei, weil sie ihren eigenen Vater nicht kannte.

Auch Mimmo zerbrach sich darüber den Kopf, wenn er unter dem Balkon der ausgesperrten Celeste herumlungerte. Heimlich musterte er ihr Profil, das nicht aus der Gegend stammte und aussah wie mit feinstem Sandpapier poliert, das energische Kinn mit der perfekten Kerbe in der Mitte, die dichten, von kindlicher Traurigkeit gezeichneten Brauen, die schmalen, in einem selbstvergessenen Lächeln anmutig geöffneten Lippen, die sich über den wunderschönen, aus ihrem dunklen Teint hervorleuchtenden Zähnen zu einem grausamen Fletschen verziehen konnten. Vor Liebe wanderte Mimmo unermüdlich auf und ab, bis sie sich an seinen Blicken nicht mehr störte und vom gegenüberliegenden Gehsteig bereitwillig anschmachten ließ.

Er könne sie stundenlang betrachten, erzählte er Cristofaro, weit über die von der Liebe empfohlene Zeit hinaus. Erst kürzlich sei er wieder unter ihrem Balkon hängen geblieben, als er gerade auf dem Rückweg vom Bolzplatz war und eigentlich nur Nanà im Kopf gehabt hatte, die am nächsten Tag ein weiteres Rennen auf der illegalen Rennbahn beim Vorgebirge laufen sollte. In der Tasche hatte er die Reste der Pausenbrote gehabt, die er sich bei seinen Mitschülern zusammengebettelt hatte, als zusätzliche Kraftreserve für das Pferd, damit es glänzen konnte.

Mit Nanà teilte er das Mittag- und das Abendessen und zog den Stall der Einsamkeit des Esszimmers vor, wo ihm nur das offizielle Mannschaftsfoto der Fußballelf Gesellschaft leistete, das sein Vater hatte einrahmen lassen, um es stets vor Augen zu haben und ihm vor jedem Spiel zuzuprosten. Als Mimmo auf seinem hastigen Weg zum Stall Celeste auf dem Balkon erblickte, war ihm, als spiegelte sich in ihr das ganze Glück seiner Einsamkeit, und er hielt an, um sich im Gegenbild des Mädchens zu betrachten, das auf seinem Schemel saß, während die Geschäfte zur Mittagspause schlossen. Wie gebannt stand er da und musterte Celeste in allen Schattierungen des Nachmittags. Er vergaß Nanà und die Pflichten im Stall, und der Tag zerrann unter dem Balkon, auf dem sich die Fensterläden nur flüchtig öffneten und sogleich wieder schlossen, ehe Celeste die Chance bekam, ihren Hocker zu verlassen. Mimmo betete, dass Carmelas Kunden an diesem Tag nicht die Lust verlören und Celeste den Eintritt verwehrten.

Wie spät es war, merkte Mimmo erst, als die Rollläden der Geschäfte mit einmütigem Scheppern heruntergingen und verkündeten, dass es zwanzig Uhr geschlagen hatte. Zum Feierabend öffnete Carmela die Fensterläden und rief Celeste zum Essen, und als das Mädchen verschwand, fühlte Mimmo, wie ihr Blick ihn berührte.

Cristofaro hörte zu und spürte, dass seine Zeit ablief und die abendlichen Prügel näher rückten. Als Mimmo verstummt war, lauschte er Cristofaros verzweifelt brandender Bedrängnis, und zusammen blieben sie bei Nanà sitzen und warteten auf den Sonnenuntergang, der, um Cristofaro eine Gnadenfrist zu schenken, einen weiten Bogen schlug, in den oberen Vierteln verweilte und das Abenddunkel krumenweise die Hügelflanken hinabrieseln ließ. Auch Nanàs Bauch machte Meeresgeräusche, während in der Bäckerei der zweite Backgang den Ofen verließ und der Brotduft sich aus der Umarmung der Hitze löste, in der Luft zerging und sie vom Dreck des Elends, von den Autoabgasen, dem

Muff des unverkauften Fisches und dem pestigen Kloakengestank befreite, der aus den seit Urzeiten verstopften Latrinenrohren stieg.

Der Duft des Brotes schlüpfte aus der Backstubentür und fiel hinterrücks über den Borgo Vecchio her. Obwohl zweimal am Tag gebacken wurde, frühmorgens und bei Sonnenuntergang, war die Verblüffung jedes Mal so groß, als wäre dieser Duft ganz neu, und voller Überzeugung, noch nie etwas Vergleichbares gerochen zu haben, bekreuzigte man sich.

Der Brotgeruch zog über den Platz und machte den abendlichen Eifer der in Marktkisten gepferchten Zitrusfrüchte zunichte, die eine letzte Duftspur in der Nacht hinterlassen wollten, er zerstörte die Illusion von Frühling, die sich im duftenden Geheimnis der Frangipaniblüten verbarg, vereinnahmte die Kreuzungen und machte sich in den Gassen und Tavernen breit, auf dass niemand seiner Umarmung entkäme. Er erreichte den Sterbenden im dritten Stock, der sich röchelnd von den klagenden Angehörigen verabschiedete, und bescherte ihm im Todeskampf die tückische Erleuchtung, wie unerträglich es war, sich vom Duft des Brotes und vom Leben zu lösen, er drang in Carmelas himmelblauen Alkoven, als ihr Freier sich in der Heftigkeit der letzten Umarmung entleerte, über ihr zusammenbrach und unter den Tagesspuren sauren Männerschweißes den ergreifenden Duft ihres Körpers wahrnahm, der in Wirklichkeit der des Brotes war und ihn am Fußende des Bettes in jähe Tränen ausbrechen ließ. Und Carmela, die den Freier zu anderen Gelegenheiten aus der Tür geschoben hätte, weil sie keine Zeit zu verlieren hatte, nahm den segensreichen Brotduft wahr und fing an, ihn zu streicheln und darüber zu trösten, dass er ein Hurenbock war.

Im Spinnennetz des Brotduftes blieb auch der heimkehrende Werftarbeiter hängen, in dessen Augen noch das Gleißen des Schweißbrenners glomm, das während der Frühschicht auf dem stählernen Kiel gesprüht und sich auf seiner Pupille eingebrannt hatte, dass er haltsuchend auf den Gehweg stierte, um gegen den sengenden Horizont den Heimweg zu finden. Als der Brotduft ihn erreichte, verwechselte er ihn mit dem Geruch des Meeres, denn dort, wo das Ende der Straße zerflirrte und sich in blendendem Dunst verlor, sah er sich in einer Ahnung von Zukunft auf dem höchsten Deck des frisch vom Stapel gelassenen Schiffes stehen, den Horizont klar und deutlich im Visier, weil die Meeresgischt wie frische Tränen den Brand in seinen Augen für immer gelöscht hatte.

Der Duft des Brotes strömte durch die Seitengassen, wo man den vermögenden Damen auflauerte, die auf ihrem Weg zu den Geschäften im Zentrum nicht widerstehen konnten, die Zolllinie dieser Straßen zu queren. Als folgten sie einem Lockruf, ließen sie sich von seinem arbeitsamen Geruch einlullen und drosselten trotz ihrer prallschweren Portemonnaies die ängstliche Hast ihrer Schritte. Blindlings folgten sie seiner Fährte bis in die tückischen Durchgänge und Hinterhöfe, die in immer einsamere Durchlässe und Sackgassen mündeten. Je näher sie sich der Quelle wähnten, desto berückter und wehrloser wurden sie, bis Totò der Räuber sie wie bestellt auf seiner Türschwelle vorfand. Er musste nur die Hand ausstrecken und mit der anderen den Pistolenlauf zeigen. Mit der Drohung, sie auf der Stelle schnell und gewaltsam zu lieben, versetzte er sie in schaudernde Angst und streichelte sie mit der bewaffneten Hand, bis er zur unverwechselbaren Rundung der Portemonnaies vorstieß. Zusammen mit dem Brotgeruch verduftete Totò der Räuber im düsteren Hauseingang und ließ sie ausgenommen und betrogen zurück, eine Schmarre tränenzerlaufener Schminke auf den Wangen.

In dem Glauben, es sei bereits Morgen, verließ der Besoffene aus der Nummer 19 die Taverne. Dem neuen Tag mit schlafsuchenden Augen und der Last der Welt auf den Schultern zu begegnen, erschien ihm unerträglich. Er beklagte sein alkoholisiertes Leben und redete laut vor sich hin, um wach zu bleiben und dem Weg seiner Worte zu folgen, die ihn geradewegs zum Hahn des Wasserschlauches führten, mit dem die Markthändler ihr Gemüse wach hielten, das in der Dürre des

Nachmittags weggedämmert war. Als er, um seinen Brand zu löschen, sein Gesicht benetzte, kam mit dem Wasser auch der Brotduft, und mit einem Mal fühlte er sich wach und erlöst. Abermals öffnete er den Wasserhahn, schloss ihn wieder und öffnete ihn erneut, weil er glaubte, das Wasser dufte nach Brot. Er schwor, in seinem Leben nie mehr etwas anderes zu trinken. Wie neugeboren und erfrischt ging er von dannen, bereit, dem Tag zu begegnen, obgleich schon Schlafenszeit war.

Als der Brotduft Nanàs Stall erreichte, spürte Cristofaro, wie sich die Schlinge des abendlichen Stelldicheins enger zog. Es war bereits spät, und er wollte dem Vater nicht noch mehr Gründe liefern, aus der Haut zu fahren. Also machte er sich auf, vermaß den Rückweg Meter für Meter und rief sich vorsorglich sämtliche Schutzmaßnahmen ins Gedächtnis: wie er den Arm hob, um den Kopf zu schützen, wie er die Fausthiebe in den Magen parierte, indem er zurückwich, um den Schlag zu mildern, wie er sich mit den Knien vor der Brust zusammenrollte, damit der Vater auf seinen Rücken eindrosch, bis ihm die Zunge aus dem Hals hing und das Bier ihn betäubte. Während Cristofaro nach Hause ging, redete Mimmo weiter auf Nanà ein, weil er wusste, dass er mit dem Pferd allein bleiben würde. Wieder erzählte er ihm von Celestes Lerneifer. Anderentags war er zum verlockenden Gehsteig zurückgekehrt und hatte sie mit dem Schulbuch auf dem ewigen Balkonschemel sitzen sehen, weil sie es leid war, durch das Loch im Fensterladen der immer gleichen Vorstellung ihrer zum Gebet knienden Mutter zuzusehen. Sie las und lernte, weil das die einzige Möglichkeit war, dem Balkon zu entkommen.

Mimmo erzählte Nanà von Celestes Beharrlichkeit, die alles andere als irdisch war. Selbst Gott, der sich nie vom Brotduft erweichen ließ, hatte sie den Unmut über ihre unfromme Wissbegier spüren lassen. Allen Fürbitten der Mantel-Madonna zum Trotz hatte der Herr als Vorzeichen Seines Zorns zunächst einen feinen, bedrohlichen Regen geschickt, auf den Celeste prompt geantwortet und die Schulbuchseiten in Frischhaltefolie eingeschlagen hatte. Daraufhin hatte Er launische Böen entfacht, die ihre Illusion vom Lernen durchkreuzten und ihr die Seiten verschlugen, doch hartnäckig war sie Wort um Wort zurückgegangen, um ihr Fluchtlabyrinth zu rekonstruieren. Und weil Celeste noch immer nicht begreifen wollte, ließ Er aus sämtlichen Himmelsschleusen den Gewitterregen ab, den er als Antwort auf die kleinen Bußübungen des Erzbischofs aufgehoben hatte, weil der in den sommerlichen Dürrephasen das Wunder des Wassers erflehte und der zuteilgewordenen Gnade kleine Altäre errichtete und kollektive Dankesgebete gen Himmel schickte. Je heftiger der Regen rauschte, desto enger wickelte sich Celeste in ihre Schneejacke, zog die Kapuzenkordeln fest und las weiter in ihrem Schulbuch. Von Celestes Kühnheit düpiert, beschloss der Herr, das Viertel zu bestrafen, damit Carmelas Schuld sich mittels ihrer Tochter auf alle übertrug.

Er ließ es schütten wie aus Kübeln und schickte tosenden Wind, der die Planen der Marktstände blähte, sämtliche Knoten löste, ihre Schnüre zerriss und sie gleich grausigen Vorboten des Weltuntergangs über das Viertel wehte. Wie Flugungeheuer stürzten sie aus der Luft herab, verteilten Striemen und blaue Flecke, stiegen wieder empor, kreiselten lauernd über den Gassen, stießen mit geißelnden Metallösen abermals nieder, doch ehe man sie zu fassen bekam, wehten sie wieder in die Höhe, bis all der Stoff und das wasserdichte Plastik an den Statuen des Kirchengiebels hängen blieben. Es sah aus, als senkten die steinernen Heiligen ihre von bronzenen Glorienscheinen bekränzten Köpfe, um sich von den hinderlichen Planen zu befreien, die von Statue zu Statue trudelten und sich einem Grabtuch gleich über das Antlitz des gekreuzigten Christus legten. Er mochte sich noch so sehr wehren und winden, die Nägel in seinen Handflächen hinderten ihn, sich das Schweißtuch vom Gesicht zu reißen. Wie zum Karfreitag verhüllt, blieb ihm nichts anderes übrig, als sich abermals in seinen Leidensweg zu fügen. Doch tatsächlich verhüllte der gnädige Vater ihm die Augen, um ihm den Anblick Seiner rasenden Wut zu ersparen.

Der Wind verwüstete den Markt, entriss den Händen Einkäufe und Geld und machte jeden Handel zunichte. Es war aussichtslos, das Gemüse zu erhaschen, das mit flügelgleichen Blättern emporsegelte und sich als Zwischending aus Tier und Pflanze in die schwindelnden Höhen von Zypressenwipfeln schraubte, derweil die Möwen gleichfalls nach dem Unmöglichen strebten und sich, um fest am Boden zu bleiben, zu den runden Melonen kauerten.

Die Gemüseverkäufer kletterten auf Laternenpfähle und reckten sich nach der Ware, doch sosehr sie auch daran zogen, Broccoli und Sellerie stiegen wie Drachen in die Luft. Vergeblich versuchten sie, die Fische auf dem Marmor zusammenzuklauben, die dem Wind an den Haken gegangen waren und sich, wie zu neuem, schwebendem Leben erweckt, mit schlagenden Schwänzen der Illusion luftiger Strömungen überließen, um in artgleichen Schwärmen kreuz und quer über dem Platz zu treiben. Die Fischverkäufer erwogen kurz neue Fangmethoden und verwarfen den Gedanken sogleich, weil es zu mühsam wäre, Netze von den Dächern auszuwerfen. Nur die Tintenfische mit ihren fluguntauglichen Körpern blieben aufgehäuft liegen und klammerten sich mit den Tentakeln an den Marmor wie die kleinen Kinder an die Brust ihrer Mutter, derweil die anderen mit den heftigsten Böen abhoben und hilflos schwimmend in der Luft herumstrampelten, bis sie beim Schopf gepackt und zurückgerissen wurden.

Im Chaos des Orkans stürmten die Bewohner des Viertels die noch unversehrten Geschäfte, denn wenn der Wind kommt, bleibt niemand verschont. Schaufenster zerbarsten, und keiner vermochte zu sagen, ob es ein Überfall oder ein Wunder war, als mit einem Mal sämtliche Fenster aufflogen und aus den Rahmen klirrten, damit der Sturmhauch göttlichen Grolls bis in die hintersten Stuben drang, wo man die mumifizierten Körper der Ahnen versteckte, damit die Enkel deren Rente einstreichen konnten. Auch die Fensterläden von Carmelas Alkoven flogen auf und zeigten der Welt ihr blasphemisches Gebet. Um der Sturmplage möglichst wenig Angriffsfläche zu bieten, duckte sich Celeste über ihrem Schulbuch zusammen und fuhr fort, die lästerlichen Kapitel über primitive Bräuche heidnischer Religionen zu lesen und den göttlichen Zorn zu schüren. Zur Strafe ließ Er den Strom ausfallen und stürzte das ganze Viertel in urzeitliche Finsternis.

Plötzlich war tintenschwarze Nacht hereingebrochen. Selbst die Ältesten, die die Verdunkelungen des Krieges durchgemacht hatten, als die Küstenlinie per Dekret aus dem Blick der amerikanischen Bomber hatte verschwinden müssen, konnten sich nicht an solche Dunkelheit erinnern. In der Finsternis war den

Fliegern nichts anderes übrig geblieben, als die Bomben auf unbeteiligte Dörfer niedergehen zu lassen, die ihre Lichter aus argloser Neutralität hatten brennen lassen. Nun kehrten diese Alten im Dunkeln heim und tasteten sich an den Rissen im Mauerwerk entlang, die dieselbe Handschrift trugen wie die Falten in ihrem Gesicht. Überzeugt, endlich in ihrer Stube zu sein, schlüpften sie in fremde Betten und vollführten einen allgemeinen und unbemerkten Rollentausch, weil keiner der Alten noch viel zum Leben brauchte und alle von den gleichen nächtlichen Bedürfnissen aus dem Bett getrieben wurden, und wenn im Dunkeln vom Klo das matte Plätschern des abendlichen Harndrangs zu hören war, bemerkten die Angehörigen den Fremden in ihrem Haus nicht, gaben sich ihrem verwandtschaftlichen Irrglauben hin, der selbst kinderlose Witwer nicht verschonte, und sagten Gute Nacht, Papa, worauf dieser, von einer uralten, tiefen Sehnsucht nach Vaterschaft gerührt, ebenfalls Gute Nacht sagte, ohne zu wissen, wem die Antwort galt.

Im Wurstgeschäft hatte Giovanni die Kerzen und Totenlämpchen entzündet, damit seine Kunden sich nicht verliefen. Der Stromausfall hatte die Schneidemaschine lahmgelegt, und Giovanni schnitt die Mortadella mit dem Messer und setzte allzu großes Vertrauen in seine getürkte Waage. Je mehr er schnitt, desto mehr Mortadella verlangte die Waage, als würde das Maß nie voll. Der Blackout hatte die manipulierte Eichung außer Gefecht gesetzt und die Waage zu der Unschuld der ehrlichen hundert Gramm zurückkehren lassen. Zudem blieb die Nadel in ihrer magnetischen Verwirrung beharrlich bei neunzig Gramm hängen und zwang Giovanni, eine weitere Scheibe draufzulegen, und dann noch eine und noch eine, bis der Gerechtigkeitssinn der Waage befriedigt war und sie die hundert Gramm allmählich absegnete. Weil sich Giovanni dieser offenkundigen Großzügigkeit nicht zu widersetzen wagte, ließ er an diesem Ausnahmeabend jeden mit der warmen Genugtuung heimkehren, für sein Geld etwas bekommen zu haben.

Cristofaros Vater war schon vorbeigekommen, den Kasten mit fünfzehn Bier auf dem Buckel. Dem inneren Leuchtfeuer seines Durstes folgend, hatte er nach Hause gefunden. Trinkend saß er im Dunkeln und wartete auf Cristofaro. Er stierte in die Finsternis, in der nichts anderes zu sehen war als das bunte Flackern seines brennenden Magens und der schwarze Abgrund seines Schwindels, der ihn in die Tiefe zog. Er hörte, wie Cristofaro die Wohnungstür öffnete, lauschte seinen Schritten auf dem Flur und ging ihn suchen. Cristofaro machte sich die Dunkelheit zunutze, gab vor, im Esszimmer zu sein, und versteckte sich. Sein Vater tappte ihm nach, die Linke klauenartig vorgestreckt, die Rechte zur Faust geschlossen, fand ihn nicht, rief nach ihm, und Cristofaro antwortete aus seinem Zimmer, ich bin hier, hier bin ich, und sein Vater hangelte sich an der Flurwand entlang, um zu ihm zu gelangen. Schwankend tastete er über Cristofaros Bett und fand nur das Kissen, weil Cristofaro bereits in der Küche war, und sein Vater rief wieder nach ihm und drohte, er solle sich bloß nicht rühren, ich rühre mich nicht vom Fleck, antwortete Cristofaro, der schon ins Esszimmer entwischt war, worauf sein Vater in verzweifelte Tränen ausbrach, weil er ihn im Dunkeln nicht zu fassen bekam und spürte, wie das Bier ihn in die Knie zwang, noch ehe er hatte Dampf ablassen können, und schluchzend irrte er weiter durch die Wohnung, weil er sich verloren fühlte in diesem Aufruhr blinder, selbstzerfleischender Wut und weil die Dunkelheit ihm den Spiegel vorhielt, ehe das Bier ihn endlich in den Sessel warf.

Von seinem Versteck aus hörte Cristofaro seinen Vater im Schlaf wimmern, bis das lindernde Geräusch des Regens auch diese letzte Drohung verschluckte. Da weinte Cristofaro ebenfalls.

Wie schwarz diese Dunkelheit war, erzählte Mimmo Nanà, so schwarz, dass er Celeste nicht mehr sah, denn er war dort, unter dem Balkon seiner Geliebten, stemmte sich mit ganzer Kraft gegen den Wind des göttlichen Unmuts und ließ sich vom Regen durchweichen, der nicht mehr aus Tropfen bestand, sondern mit der reißenden Wucht des Meeres niederging. Er kam nie dahinter, woher Celeste das Licht nahm, um weiter im Schulbuch zu lesen. Offenbar verharrte sie trotzig in ihrer Schuld, denn das Wetter gab keine Ruhe, es legte sogar noch zu, und als das Hochwasser Mimmos Knie erreichte, trat er den beschwerlichen Heimweg an und riss wie bei einem Strandspaziergang am Wassersaum einen Fuß nach dem anderen aus der bleiernen Strömung, die den Borgo Vecchio verschluckte.

Die Windböen hatten das Wasser im Hafen aufgepeitscht, das in die Keller der Häuser am Ufer drückte und mit einem Seufzer des Erwachens die Mündung des unterirdischen Flusses hinaufkroch. Die Bewohner des Viertels nahmen das Gurgeln seiner sich füllenden Eingeweide wahr, als die von den Hügeln niederströmenden Sturzbäche und das auf einen Einfall in die Stadt erpichte Meer sich in dem seit Urzeiten trockenen Flussbett ein Stelldichein gaben. Zusammen unterspülten sie die Gassen, füllten jeden Hohlraum und jeden Gully, erklommen das Labyrinth der Rohrleitungen, sprengten die Absperrschieber, und es war unmöglich, der Wucht des Wasserstrahls Einhalt zu gebieten, der sich fauchend in den dunklen Himmel über dem Viertel erhob und als Fontäne niederging.

Carmela entließ den letzten Freier, riss Celeste aus ihrer gotteslästerlichen Lektüre, und sie flüchteten sich die Treppe hinunter, unter den schiefen Blicken der

Hausbewohnerinnen, die zur Seite wichen, um sie ja nicht zu streifen. Sie spähten aus den Fenstern im Treppenhaus und fragten sich, wie der steigenden Flut beizukommen war, doch in der Dunkelheit war nicht auszumachen, bis wohin die Überschwemmung reichte. Nur ihr Grollen war zu hören, mit dem sie jeden Raum verschlang, gegen die Decken kroch und die Luft mit einem Zischen entweichen ließ. Ein tosender Wassersturz ergoss sich in das Rohrgeflecht des Viertels. Es gab weder Hilfe noch Rettung, denn seit Jahren schon, seit man dem Meer den Rücken gekehrt hatte, konnte niemand mehr schwimmen. Sie hörten, wie das Haustor unter dem Druck der Flut barst, flüchteten sich auf die Dachterrasse und fühlten sich gefangen zwischen dem steigenden Meer und dem Nachthimmel, der auf sie niederdrückte. Derweil hatte der Herr die Arme ausgebreitet und die Wolken beiseitegeschoben: Es hatte aufgehört zu regnen. Zum ersten Mal bestaunten Carmela und Celeste gemeinsam das Firmament. Der Stromausfall hatte sämtliche Sterne aus der Trübung des Lichtes gerissen. Sie entdeckten Sternbilder, die nur die Ältesten kannten, die ihre Erinnerung arg bemühen mussten, um in längst vergangene Zeiten verflossener Generationen vorzudringen. Sie hatten geglaubt, die Sterne seien mit ihrer Jugend erloschen, doch stattdessen waren sie dort, so strahlend und gegenwärtig, dass viele die Hand ausstreckten, um sie zu berühren.

Celeste schlief ein, eng an Carmelas Brust geschmiegt, die nun keine Angst mehr hatte. Das Licht der Sterne erteilte ihr den rettenden Segen der Madonna mit dem Mantel. Mit einer einzigen himmlischen Geste hatte sie das Wasser aufgehalten, ehe es am Rahmen ihres Heiligenbildes leckte, das Carmelas gotteslästerliche Bettstatt schützte.

Im ersten Morgengrauen erkannten sie, dass das Meer alle Dämme gebrochen hatte und durch das Tor in das Viertel eingedrungen war. Es herrschte sintflutliche Stille. Diejenigen, die noch schliefen, wurden von den Sirenen der Schiffe geweckt, die den Hafen nicht fanden und auf die Stadt zutrieben, weil Bug voraus noch Meer zu sehen war, obwohl die Instrumente bereits das Ziel der Fahrt anzeigten.

Die Dampfer zogen am überspülten Damm vorbei und glitten an den Häusern entlang, sodass die Bugwellen unter den entsetzten Augen der anwohnenden Hausfrauen über das Basilikum auf den Balkonen schwappten. Noch trunken vom Schlaf, hatten sie die Nachricht von der Überschwemmung nicht mitbekommen, bis sie ein Wispern an der Tür vernahmen, öffneten und sich das Meer in ihre Esszimmer ergoss.

Diejenigen, die jeden Abend vor dem Rufen des Fährhorns dem Geheimnis des Auftriebs nachgegrübelt hatten, blickten nun den Reisenden ins Angesicht. Auf den Schiffsdecks wunderte man sich über die

Häuser, die neuerdings wie Klippen aus dem Wasser ragten. Die Passagiere an der Reling und die Bewohner auf den Balkonen winkten einander zu, weil sie nichts zu sagen wussten. Die Kommandanten auf der Brücke befahlen volle Fahrt zurück, um den Schub zu bremsen. Durch das Fernglas hatten sie ferne Hügel erspäht und hielten nun unschlüssig über das weitere Vorgehen inne.

Einige Boote hatten die Leinen von den Hafenmolen losgemacht, waren auf eigene Faust durch das Unwetter geschippert und schließlich auf den Balkonen im ersten Stock aufgelaufen. Die Mutigsten und jene, die nach dem nächtlichen Appell noch Angehörige vermissten, stiegen in die Boote und paddelten mit behelfsmäßigen Rudern über den Sund, unter dem sie den Marktplatz vermuteten. Auch Giovanni und die Verwandten wagten sich auf einem schaukelnden Kahn hinaus und ruderten zum Wasserspiegel, der Cousin Nicolas Schafstall verschluckt hatte. Sie suchten ihn und umschifften den Abfall des Elends, der keinen Grund mehr hatte, am Boden zu bleiben, und zusammen mit den Leibern der Ertrunkenen, die sich von der Last des Lebens befreit hatten und mit dem Gesicht nach oben einen letzten, sehnsuchtslosen Blick in den Himmel warfen, auf der Oberfläche trieb.

Nicola, riefen sie vom Boot aus, Nicola, doch antwortete ihnen nur eine ferne Brandung und das Gähnen der Luftblasen, die unversehens aufstiegen und Kadaver von Zugtieren und ertrunkenen Hühnern aus den Kellerverschlägen freigaben, die ihnen das Überleben in Notzeiten erleichtern sollten. Sie suchten weiter, sondierten den Grund mit dem Senkblei für die Tintenfischjagd, ließen den Blick noch einmal aus Teufelsrochenperspektive über den Marktplatz gleiten und sahen das gesamte Viertel ertrunken, glanzlos und in wundersamer Erstarrung; tote Hausfrauen, vom Ballast ihrer Einkaufstüten halb unter Wasser gezogen, die die gierigen Hände nicht hatten loslassen wollen, schienen einander von ihrem befremdlichen Zustand zu erzählen, während eine leichte Meeresbrise mit ihren Locken spielte. Sie sahen Obstverkäufer, die ihre Ware nie aus den Augen gelassen hatten und ihre nun von ewiger Erschöpfung befreiten Arme wie Dirigenten im launischen Rhythmus der Gezeiten bewegten, umgeben von Totenkränzen aus Obst, das die Flut aus ihrem Spankistenkorsett befreit hatte.

Nicola, riefen sie noch einmal, Nicola, bis das Seufzen einer Luftblase antwortete und das Novemberschaf direkt neben dem Boot an die Oberfläche trug. Vom Wasser aufgedunsen, erkannten sie es sogleich an den goldenen und silbernen Sternschnuppen, die es seit Weihnachten quälten. Vom Cousin Nicola hörte man nie wieder etwas. Sein Name blieb für immer auf der Vermisstenliste.

## Das Messer und die Pistole

Totò der Räuber versteckte die Pistole im Strumpf. Dort würden die Bullen sie nicht gleich beim ersten Filzen finden. So hatte er eine Chance zu entwischen. Es war schon vorgekommen, dass die Ordnungskräfte das Viertel mit Straßensperren belagert und sämtliche Zugänge überwacht hatten. Mehrmals war Totò ihnen bei Kontrollen ins Netz gegangen, die Hände auf dem Dach des Streifenwagens, während sie seine Taschen nach belastenden Beweisen durchwühlten und seinen vollen Namen in das Funkgerät skandierten, um das elektronische Gedächtnis des Präsidiums zu befragen, zu wem er gehörte. Während man auf eine Antwort aus dem Äther wartete, grüßte Totò mit breitem Grinsen die neugierigen Passanten, zwinkerte den hübschen Fräuleins zu, die durch die Schaufenster der Läden spähten, und nickte mit dem Kinn zu seinen Gassenfreunden hinüber, um sich, der Straffreiheit gewiss, schon mal mit ihnen zu verabreden.

Die Antwort der Zentrale war von Störgeräuschen verzerrt, jedoch mit Vorstrafen und Anklagepunkten derart gespickt, dass sie klang wie eine Litanei reuelos wiederholter Diebstähle und bewaffneter Überfälle. Sie berichtete von frühen Aufenthalten im Erziehungsheim und ging noch weiter zurück bis in die kriminelle Kindheit samt Schulverweisen und endgültigem Rausschmiss, weil er einem Lehrer, der sich geweigert hatte, die vielen Ungenügend aus dem Jahreszeugnis zu streichen, eine Pistole an die Schläfe gehalten hatte.

Die Stimme aus dem Funkgerät verlas Totòs frühzeitige, unabwendbare Verdammnis, als er sich noch keiner menschlichen Verbrechen schuldig gemacht hatte und sein Vorstrafenregister lediglich vom Sündenfall befleckt gewesen war, denn kaum eine Woche auf der Welt, hatte eine Streife seinen Vater mit der Beute in der einen und der Pistole in der anderen Hand vor einer Apotheke erwischt und ihn nach vorschriftsgemäßer Warnung erschossen, weil er den Milchgesichtern in Uniform mit vorgereckter Waffe hatte Angst machen wollen. Er hatte sie dermaßen verängstigt, dass sie die Lider zusammenkniffen und abdrückten. Als sie sie wieder öffneten, starb der Vater mit dem Kopf auf dem Kissen des Gehsteigs, ein Auge war aus der Höhle gesprungen, und der unaufhaltsame Blutstrom floss das Gefälle hinab und zeichnete die Straßenbiegung nach, die ins Viertel führte.

Kaum hatte der Gerichtsmediziner den offenkundigen Tod des Vaters festgestellt, entdeckte man im Sack mit der Diebesbeute Bedarfsartikel für Säuglinge, Babyflaschen, die beim tödlichen Sturz geborsten waren, Milchpulver, Windeln, hastig geraffte Schnuller, weil der neugeborene Totò bereits verzweifelt weinte und seinem Vater keine Zeit gelassen hatte, schnelle, sichere Dinger zu drehen. Als das ballistische Gutachten, die Autopsieberichte und die hastige Beisetzung mit dem Transporter des Ordnungsamts erledigt waren – er fuhr als Leichenwagen durch das Viertel und drosselte aus Mitleid mit Totòs Mutter das Tempo, die ihm als Einzige folgte und mit dem Kinderwagen kaum mithalten konnte –, trat der Richter persönlich an die Witwe heran und übergab ihr die Brieftasche, die Uhr und die täuschend echte Spielzeugpistole ihres Mannes, damit der kleine Totò sich die Zeit damit vertreiben konnte und ein Andenken an seinen Vater behielt.

Nachdem ihnen das Vorstrafenregister offenbart hatte, dass sich ihre Wege abermals kreuzen würden, ließen die Beamten Totò laufen. Totò würde ihnen nicht entkommen.

Um ihre Macht zu demonstrieren, errichteten die Polizisten Straßensperren entlang der Grenzen des Viertels. In die Eingeweide der Gassen und Höfe wagten sie sich lieber nicht, denn von dort wurden sie jedes Mal mit Flaschen und allerlei eigens dafür aufgehobenem Unrat zurückgedrängt, der von den Balkonen flog, um die Uniformierten zu verjagen, die bei Tagesanbruch in der Hoffnung auftauchten, das Viertel im Schlaf zu überraschen.

Der blinde Hund, der vor dem Rollladen der Fleischerei wachte, war der Erste, der den Ledergeruch ihrer Stiefel witterte. Er stieß ein gedehntes Polizeisirenengeheul aus, das von den Hausfassaden widerhallte und in vielfachem heiserem Gekläff verklang, dem der Hund verdutzt nachlauschte, als wäre es ein fremder, feindseliger Laut. Weil er in seiner blinden Finsternis nicht wusste, wonach er schnappen sollte, verbiss er sich im eigenen Schenkel. Als das Novemberschaf das vermeintliche Wolfsgebell vernahm, befreite es sich aus Cousin Nicolas nächtlicher Umarmung und rappelte sich mit panischem Blöken aus dem Dreck des Hofes auf. Es ahnte, dass dieses gedehnte Bäääh seine tiefe Angst nicht auszudrücken vermochte, allenfalls flüchtiges Erstaunen. Rettung suchend, trappelte es von einer Ecke in die andere und stolperte über Cousin Nicola, der ihm aufgekratzt nachrannte, derweil das Morgenlicht die Grenzen ihres Gefängnisses und das Grauen des neuen Tages erhellte. Auf die grundlose Verzweiflung des Novemberschafes folgte das Gegacker aus den Hühnerställen im Keller, denn die Hennen glaubten, wenn die Schreie des abgestochenen Novemberschafes bis in ihre Tiefen drangen, obwohl nichts von Ostern kündete, herrsche wohl Not und es gehe sämtlichen Lebensmittelreserven der Welt an den Kragen.

Aus den Kellern riefen sie nach Licht, damit das Henkersbeil sauber arbeiten konnte und im Chaos des Gemetzels und der Dunkelheit statt der sterilen alten Legehennen nicht die jungen Gockel köpfte. Mit dem Gestank von Hühnermist drang ihr Gezeter an die Oberfläche und begleitete das Schnattern der Gans, die sich aus den Hofpfützen aufrappelte und durch die letzten Reste der Nacht auf ihren ersten Kontrollgang über den Markt begab. Sie hörte die verzweifelte Dringlichkeit der Schreie und spürte zugleich, wie harmlos ihr eigenes friedliches Quaken klang, mit dem sie in die Gasse vordrang, um die akustische Alarmkette nicht abreißen zu lassen. Wohl wissend, dass es keinen anderen Ausweg gab, erreichte sie im plumpen Watschelgang die Grenzmauer und stellte sich der Wildheit der Katze aus dem ersten Stock, die ein Loch ins Metallgitter gebissen und sich dabei die Schnauze zerfetzt hatte, um die schmerzhafte Flucht vom Balkon zu wagen. Auch die Katze begriff, dass dies nicht das übliche dreiste Defilee der leichtsinnigen Gans war, und statt sich auf sie zu stürzen, duckte sie sich flach auf den Balkon, sträubte das Fell, stieß ein heiseres Raubkatzenfauchen aus und weckte den Käfigpapagei im zweiten Stock, der sprechen konnte. Der Papagei zog den Kopf unter der Flügeldecke hervor, äugte seitwärts, erst nach links, dann nach rechts, und rief: »Bullen von Ost! Bullen von Ost!«

Das Viertel erwachte auf einen Schlag, und jeder ergriff seine Vorsichtsmaßnahmen. Manche versteckten die bei nächtlichen Raubzügen auf den Restaurantparkplätzen geklauten und noch nicht inspizierten Brieftaschen und bunkerten sie in den Geheimfächern der Basilikumtöpfe, ganze Familien hasteten die Treppen der Mietskasernen auf und ab, um die Einbruchsbeute aus den Sommerveranden der Ferienstrandhäuser zu sichern. Vor Erschöpfung hatten sie sie über Nacht auf der Pritsche der Ape vor dem Haus gelassen. Hastig ließen sie alles in den als Gully getarnten Hohlräumen unter den Treppen verschwinden, und selbst die Kinder reihten sich gähnend in die Transportkette ein und maulten, weil sie bald zur Schule mussten.

Sogar der Pfarrer der Jesuskirche spähte durch den Spion seiner verriegelten Tür, denn bis zur Frühmesse war es noch Zeit, und sah den mit Gummiknüppeln und Schilden bewehrten Trupp vorbeiziehen und geradewegs in eine Sackgasse marschieren, weil die Polizei veralteten Stadtplänen aus der Zeit der Bourbonen folgte, als das Viertel noch am Meer lag. Der Pfarrer bekreuzigte sich und hastete in die Sakristei. Er hatte keine Zeit gehabt, die goldenen und silbernen Kruzifixe, die Monstranzen und die Krone des auferstandenen Christus in Sicherheit zu bringen, die man ihm mitten in der Nacht in die Hand gedrückt hatte, als die frevelhaften Diebe mit dem verabredeten Klopfzeichen von drei Schlägen, einer Pause und weiteren drei Schlägen vor der Tür gestanden hatten. Sakrales Diebesgut, das ihnen auf ihrem nächtlichen Beutezug ins Netz gegangen war, und da es für Gotteszeug keinen Markt gab, hatten sie beschlossen, es zu Ehren ihrer Kirche der Obhut des Pfarrers zu überlassen. Der Priester hatte die Beute gesegnet und sich selbst und den anderen verordnet, für die Absolution drei Mea Culpa kniend vor dem Altar zu sprechen, und obwohl sie es nicht abwarten konnten, sich aus dem Staub zu machen, weil durch die Fensterrose bereits das Raunen des Morgens drang, war ihnen kein Gebetsnachlass gewährt worden.

Jetzt nahm der Pfarrer die Beine in die Hand, denn die Bullen versammelten sich vor der Kirchentür, was nur bedeuten konnte, dass ausgerechnet ihm nicht vergeben worden war. Er raffte die Beute und suchte nach einem geeigneten Winkel, um sie zu verstecken. Doch kein Ort der Welt war vor Gottes Augen sicher. Deshalb beschloss er, die Karte der Mitschuld zu spielen, und öffnete das Tabernakel, in dem die Hostie des Leibes Christi schlummerte, damit Er im Dunkel seines Mysteriums über die Beute wachen möge. Schon immer hatte er ihn zum Hehlerkomplizen gemacht.

Um sich Orientierung zu verschaffen, machte der Zug direkt vor der Kirche halt und lockerte die Reihen. Die Polizisten drängten sich zu einer Testudo zusammen, hielten die Schilde schützend über ihre Köpfe und fragten sich darunter, wohin jetzt? Sosehr der Wachtmeister auch auf den Stadtplan starrte und mit dem Finger neue Routen und Umzingelungstaktiken nachzuzeichnen versuchte, vermochte er nicht zu sagen, wo um alles in der Welt sie sich befanden, eigentlich müssten wir hier sein, wo die Karte die Isobathen unter der Meeresoberfläche zeigt, versunkene spanische Wracks, Untiefen für die Treibnetzfischerei. Doch ehe er in eine vage Richtung für den Rückzug deuten konnte, hagelte es auf das Schilderdach.

Das leichte Prasseln von Gemüse steigerte sich zu einer Kanonade aus leeren Tavernenflaschen, die man in säuberlichen Stapeln auf den Dachböden sammelte, und Bauschutt, den die Eingekesselten eigens für diesen Zweck auf ihren Dächern gehortet hatten. An Nachschub mangelte es nicht, denn kaum wäre die Munition verschossen, würde man sich am Tuffstein der Terrassen, an den Dachziegeln und sogar an den schmiedeeisernen Balkongittern vergreifen.

Der Wachtmeister funkte die Leitstelle an und teilte ihr mit, dass er den Einsatz abbrechen müsse, um die Unversehrtheit seiner Männer nicht zu gefährden. Vom anderen Ende kamen Vorschläge zum Gegenangriff, schließlich ist es ein herrlicher Tag und das Viertel in unserer Hand. Mit der Langmut der Untergebenen beschrieb der Wachtmeister die Brandherde des Widerstandes und plädierte für den Einsatz von Hubschraubern, um die letzten Aufrührer aus der Luft auszumachen. Man habe keinen Treibstoff auf Lager, lautete die Antwort, und das einzige verfügbare Luftfahrzeug sei der nachmittägliche Helikopter, der wie ein schlechtes Gewissen oder wie das Auge Gottes ziellos über den Elendsvierteln kreiste, nicht weil es dafür Bedarf gäbe, sondern um die anderen und sich selbst von seiner Existenz zu überzeugen. Der Wachtmeister schlug vor, zum vorläufigen Rückzug zu blasen, damit die Truppe verschnaufen und ihre Reihen wieder schließen könne. Endlich willigte die Leitstelle ein, es dürfe bloß nicht so aussehen, als machte man schlapp.

In der Hoffnung, der Hagel würde aus Respekt vor den Fassadenheiligen verebben, wich der Trupp gegen die Kirchentür zurück. Doch im Viertel hatte man einen haarscharfen Blick und obendrein offenbar den Segen der Heiligen, denn die Würfe waren so übernatürlich präzise, dass die Geschosse die von Glorienscheinen umkränzten Heiligenhäupter in sauberen Parabeln umflogen und das mild segnende Lächeln der steinernen Apostel durch plötzliche und unerklärliche Seitwärtsdralle verschonten, um mit geballter, von himmlischem Unmut verschärfter Wucht ins Schwarze zu treffen. Den Beamten blieb keine Möglichkeit zur Flucht, sie hatten sich in die Falle manövriert.

Als die Schilde erste Risse zeigten, hämmerte der Wachtmeister an die Kirchentür. Der Pfarrer öffnete sogleich, um keinen Verdacht aufkommen zu lassen, und ließ die Uniformierten in die schuldvolle Stille der Kirche. Beflissen zeigte er zum Hinterausgang, der auf eine sichere Gasse ohne Fenster und Balkone hinausging. Doch aus Furcht vor weiteren Hinterhalten bat der Wachtmeister um ein paar Minuten Verschnaufpause, und um noch mehr Zeit zu schinden und den feindseligen Hagel verebben zu lassen, verlangte er einen Segen für seine Leute und sogar einen Notgottesdienst, der schnell und ohne Schnickschnack gleich zum Abendmahl kommen solle, damit die heilige Hostie seine Männer wie ein göttliches Schild beschütze. Die Polizisten sahen den Pfarrer schuldbewusst erröten. Niemals würde er das Tabernakel öffnen, käme doch die Schmach seiner nächtlichen Machenschaften ans Licht, wiewohl er weniger um sich selbst als um den guten Leumund Gottes fürchtete. Und mit der Ausrede, es sei jetzt keine Gottesdienstzeit, überzeugte er den Wachtmeister vom Sakrament der Beichte statt des Abendmahls, denn nach Buße und Vergebung würde es niemand wagen, sich Gottes Wort zu widersetzen. Die Männer nahmen vor dem Beichtstuhl Aufstellung, und einer nach dem anderen kniete zur Erleichterung des Pfarrers nieder, der sich mit der auferlegten Buße sparsam und mit der Vergebung spendabel zeigte.

Leichten Herzens verließ der Trupp die Kirche durch die Gassentür. Der Morgen war bereits fortgeschritten, die schattigen Winkel und lauernden Hinterhalte waren verschwunden. Der Marktlärm hatte das Viertel in Beschlag genommen, und mit ihm die Hausfrauen, die das Gemüse in den Körben durchmusterten und am Obst schnupperten, um seine Reife am Duft zu erkennen. In der Stille der Höfe hatten sich die Wachtiere beruhigt und waren in der Gewissheit des Frühlings eingenickt. Alle blickten dem nunmehr harmlosen und gottgefälligen Polizistentrupp nach. Die Beamten hatten die Einsatzhelme abgenommen und zeigten die müden Gesichter der Nachtarbeit, und in ihren grauen Kampfmonturen glichen sie verdreckten Bauarbeitern, denen der Gummiknüppel wie ein Werkzeug am Gürtel baumelte. Wie erschöpfte Maurer, die sich über das Ende der Schicht freuen, blieben sie stehen, aßen gewürzte Kalbssehnen und löschten ihren Durst mit einem Schluck Bier. Dann gingen sie grüßend davon und verließen den Platz, den sie dem heiteren Chaos der Gesetzlosen niemals entreißen würden.

Mimmo und Cristofaro kannten Totòs Schicksal. Wie alle Jungen des Viertels wären sie gern seine Söhne gewesen. Im Stall erzählten sie einander bruchstückhafte Heldenstreiche und schmückten Totòs Legende mit unverbürgten Geschichten aus, die sie im heimischen Esszimmer oder als Drohung wegen ihrer schlechten schulischen Leistungen aufgeschnappt hatten: Auch sie würden eines Tages als Waisen enden, denn Totòs Mutter hatte es nicht geschafft, zugleich trauernde Witwe und alleinerziehende Mutter zu sein, und ihren Sohn ebenfalls verlassen. Sie wurde für verrückt erklärt und in ein Kloster auf den Hügeln gesteckt, denn selbst die Irrenhäuser wollten sie nicht nehmen. Eingesperrt in ihrer Zelle, erzählte sie sich selbst die Lüge eines anderen Lebens, in dem ihr Mann nicht ermordet worden war, sondern auf ewiger Dienstreise in Übersee weilte, und Totò noch nicht geboren war. In einer endlosen Schwangerschaft trug sie ihn in ihrem Bauch. Die Schlimmsten würden genauso enden, ständig auf der Flucht, ohne feste Bleibe und ohne Liebe. Totò kannte weder Regeln noch Grenzen, denn alles, was er am Tage stahl, wurde des Nachts wieder verprasst, für ihn hatten sich die Pforten der Hölle bereits geöffnet. All das klang für Cristofaro und Mimmo weniger bedrohlich denn verheißungsvoll.

Im Stall erzählte Cristofaro Mimmo und Nanà, Totò der Räuber verstecke die Pistole im Strumpf, weil es kniffliger sei, sie zu ziehen. Eine Vorsichtsmaßnahme, erklärte Cristofaro. Mimmo stellte sich Totòs Waffe wie die des Starters bei den heimlichen Pferderennen vor, der den Jockeys in die Augen sah, die bewaffnete

Hand reckte, einen Schuss in den Himmel feuerte und die Pferde damit in Panik versetzte. Deshalb rannten sie, überlegte Mimmo, nicht wegen des Wettlaufs und auch nicht wegen des Gewinns, sondern aus schierer Angst. Er stellte sich vor, wie die bis in die Wolken gefeuerte Kugel pfeilschnell über dem Pulk brüllender Menschen und panischer Tiere davonschoss und für einen kurzen Moment den Ausblick auf die Silhouette des Vorgebirges, die weiße Linie der Brandung, die Gleichgültigkeit des Meeres genoss, das wie Botschaften unablässig Treibgut anspülte, Abfall und Ertrunkene, die es nicht geschafft hatten, ihrer Verzweiflung davonzuschwimmen, und dann müde vom Flug innehielt und mit einem letzten erschöpften Blick wieder in die Tiefe stürzte. Und während Nanà im Glauben, fliehen zu können, den Ring entlanggaloppierte und gewann, machte sich Mimmo zwischen den Klippen auf die Suche nach der Pistolenkugel.

Cristofaro sagte, so müsse Totò zweimal überlegen, ehe er jemandem die Waffe an den Kopf halte. Mit der Pistole im Strumpf laufe er weniger Gefahr, aus Versehen oder blindwütig draufloszuschießen. In seinem Beruf müsse man kalt und überlegt agieren.

Wenn er abends mit seinen Freunden vor der Taverne zusammenstand und jeder mit den Heldentaten des Tages prahlte, gab Totò seine Räuberpistolen zum Besten. Sie tranken Bier und fabulierten.

Totòs Freunde hatten keine Pistolen. Sie arbeiteten mit dem Messer. Abends teilte sich die Gruppe in diejenigen, die das Messer bevorzugten, und die, die lieber eine Pistole gehabt hätten. Mit dem Messer braucht man mehr Mut, sagten die einen, man muss das Zeug dazu haben, in die Vollen gehen, den Atem des Gegners spüren. Außerdem macht das Messer mehr Angst, weil es Verletzungen und Schmerzen, Schnitte und Hiebe verspricht. Das Opfer weiß, dass es besser ist, eine Kugel abzukriegen, einen Streifschuss zumal, als eine Klinge ins Fleisch. Falsch, sagte Totò und stellte den Fuß auf einen Autoreifen, um seinen von der Pistole ausgebeulten Strumpf herzuzeigen, falsch, wiederholte er und zückte die Pistole aus schwarzem Metall. Unvermittelt streckte er sie mit beiden Händen vor, vollführte eine Drehung und ließ die Freunde erschreckt zurückweichen. Seht ihr, sagte er und steckte sie in das Strumpfhalfter zurück, seht ihr, dass die Pistole mehr Angst macht als das Messer, da gibt's weder Zank noch Diskussionen, mit einer Pistole ist alles gesagt. Und als die Freunde fragten, ob er sie je benutzt habe, gab Totò noch eine Runde aus und ließ jeden in der Stille seines Bierglases die Antwort finden. Ehe er ging, blickte er auf die Uhr, küsste die Freunde zweimal auf die Wangen wie Jesus seine Apostel, in der Gewissheit, dass einer ihn verraten würde, und machte sich auf den Weg. Inzwischen hatte Carmela Celeste mit dem Märchen des Vaters zum Einschlafen gebracht. Jetzt wartete sie auf ihn.

Das Mädchen hatte gerade die Augen geschlossen, und Carmela versuchte, den Traum hinter dem Saum ihrer Brauen zu erraten. Tatsächlich grübelten beide dem Geheimnis des Mannes nach, der eine Tochter hinterlassen hatte, als hätte er ein Zeichen gesetzt; Celeste siebte die Märchen ihrer Mutter durch, bis nur noch die Wahrheit übrig blieb, und Carmela kehrte zu den wirren Erinnerungen an jene entbehrungsreichen, rauschhaften Jahre zurück, als sie sich für den dreifachen Preis ohne Präservativ verkauft und sich nicht um Liebesseuchen oder den unberechenbaren Zyklus geschert hatte, um nicht schwanger zu werden. Im Zwielicht der geschlossenen Fensterläden tauchten verschwitzte Gesichter auf, Wangenknochen, die auf ihrer Stirn ruhten, Hände, die sie an den Armen niederhielten, Körper von hinten, die sich im weißen Schimmer des Waschbeckens wuschen. Es waren die Jahre internationaler Abkommen, militärischer Bündnisse und Manöver, und im Hafen machten Schiffe fest, um den Hunger der fremden Matrosen zu stillen, die den Rat ihres Kommandanten befolgten und die üppige Heuer in ihren Unterhosen versteckten.

Kaum kamen sie an Land, fragten sie nach den Mädchen. Es war ein Glück, dass das Viertel so dicht beim Hafen lag. Carmela kam nicht dazu, die Fensterläden wieder zu öffnen, um neuen Freiern grünes Licht zu geben, denn die Matrosen warteten auf der Treppe, drängten sich vor der Tür und gaben einander die Klinke in die Hand.

Die Jüngsten, die vor ihren Kameraden nicht als unbedarfte Grünschnäbel dastehen wollten, legten das Ohr an die Tür, um der Liebe im Schlafzimmer zu lauschen, und ein Quietschen, ein Flüstern und selbst der ferne Klang fremder Geräusche genügte ihnen, um sich die Ekstase der Vereinigung auszumalen. Sie versuchten sich die Stellung der Frau und die Befriedigung des Mannes vorzustellen, der grunzend das Gesicht verzog, und hielten das träge Nagen der Holzwürmer in den Wänden für Carmelas Leidenschaft und das Gurgeln der spanischen Rohrleitungen für das befriedigte Stöhnen ihres Kunden. Das erregte sie umso mehr, denn es bedeutete eine neue Runde.

Zum ersten Mal in ihrem Leben hatte Carmela viel Geld. Sie konnte einen gesamten Tagesverdienst in einen Rahmen für die Madonna mit dem Mantel stecken und die Lethargie ihrer Schwangerschaft, ohne anzuschaffen, überstehen. Eigentlich hätte sie der Nato für ihre neuen Strategien dankbar sein müssen, die die Ufer des Mittelmeeres näher zusammenrücken ließen. Doch während sie die Hände ihrer schlafenden Tochter betrachtete, die, noch tintenfleckig vom Lernen auf dem Balkon, auf der Bettdecke ruhten, quälte sie sich mit der schadhaften Erinnerung herum, die kein Bewusstsein hat und die wichtigen Lebensmomente zu speichern vergisst. Das Gesicht von Celestes Vater. Sooft sie die fremden Gestalten, die ihr ganz nah gekommen und in sie eingedrungen waren, auch Revue passieren ließ, so oft überlagerten und vermischten sie sich und ließen aus vielen Männern einen werden, der immer vertrauter erschien, denn die Züge der Matrosen verschmolzen mit denen der Stammkunden, die sich Carmelas Treppe heraufgedrängelt und einen Hoheitsanspruch erhoben hatten. Das ist unser Fleisch, sagten sie, stießen die anderen zur Seite und schoben sich ganz vorn in die Schlange. Und wenn ein Matrose sie nicht verstand, obwohl Drohungen keiner Übersetzung bedürfen, oder sich bereits jenseits der geschlossenen Tür, in Carmelas Zimmer, in Carmela wähnte und seinen bitter erkämpften Platz niemals aufgegeben hätte, passten sie ihn draußen in den Sackgassen beim Hafen ab.

Auf dem Rückweg von käuflicher Liebe sind Matrosen lieber allein, um sich jede Zärtlichkeit ins Gedächtnis zurückzurufen, den Schauder noch einmal auf der Haut zu spüren; schweigend grübeln sie über das Geheimnis der Erregung, wiederholen jede Geste, klammern sich an den erinnerten Geruch der Laken, schmecken der Süße des Busens nach, und erst zum Schluss ziehen sie Bilanz, wie viel Gewinn und wie viel Verlust unter dem Strich des Begehrens steht, ob der gezahlte Preis angemessen war, und suchen darin nach einer Antwort auf ihre Mattigkeit, die im rhythmischen Rauschen der Wellen gegen die Hafenmolen nachklingt.

Solche Gedanken kann man nicht in Gesellschaft hegen, und so kehren sie jeder für sich und allein zum Schiff zurück. Schon sehen sie es riesig auf dem Wasser liegen, mit der für das Ausland vorgeschriebenen Flaggengala samt der Höflichkeitsflaggen, die in der Landbrise dösen, und heben sich die berückendste Episode für die Koje auf, eine zuckersüße Erinnerungsreserve für später. Doch einer von ihnen, der seinen Platz auf der Treppe nicht hat räumen wollen, wird sie auf der Trage in der Notaufnahme aufzehren müssen, weil ein Messerstich in den Bauch ihn verdattert hat rückwärts taumeln und zusammenbrechen lassen. Er liegt da und leert sich, bis der Krankenwagen kommt, den jemand auf einem Balkon aus Mitleid gerufen hat, denn im Viertel stirbt man nicht aus Liebe, sondern nur aus Hass.

Einen Tag lang hat der Kommandant den Landgang untersagt. Er hat sich ins Krankenhaus chauffieren lassen, wo er seinen verstörten Matrosen auf dem Wege der Besserung antrifft, mit einer krummen Schnittwunde im Bauch, aus der ein tätowiertes C für Carmela werden wird, das die Narbe überdeckt und bewahrt, weil sie die einzige Erinnerung ist.

Der Kommandant hat eine offizielle Beschwerde eingereicht, obschon Missverständnisse nun einmal unvermeidlich sind und nichts den Entspannungsprozess stören soll. Am Nachmittag hat er seine Männer auf der Kommandobrücke versammelt, jedem Einzelnen in die Augen gesehen, von Matrose zu Matrose, von Vater zu Sohn, und verfügt, zur Liebe brauche es einen Mann und eine Frau, das Leben gehöre jedoch dem Staat, weshalb von nun an alle gemeinsam vor Carmelas Tür warten sollen, bis der letzte Matrose fertig ist, um dann gemeinsam den Rückweg anzutreten. Damit niemand zurückbleibt. Im nächtlichen Dunkel des Viertels spähten die Leute von ihren Balkonen der Schar herausgeputzter Matrosen nach, die geschlossen zum Hafen zurückkehrten, jeder in die Stille seiner Einsamkeit versunken, um sich die Viertelstunde in Carmelas Bett mit solcher Hingabe auszumalen, dass sie sich auf Stunden, Tage, das ganze Leben ausdehnte. Und von den Balkonen konnte man sehen, dass sie glücklich waren.

Cristofaro sagte, zu Zeiten der Matrosen war Totò der Räuber fünfzehn Jahre alt gewesen und hatte noch zu der Fraktion mit dem Messer gehört, mit dem er seinen Weg machen wollte. Als unbeaufsichtigte Waise hatte er den ganzen Tag und auch die ganze Nacht für sich. Er wurde für kleine Handlangerdienste herbeizitiert: bei einem Einbruch Wache schieben, um mit Lauten und Pfiffen vor dem Kontrollgang der Nachtwächter zu warnen, die noch nicht auf der Gehaltsliste standen, mit dem Moped die Händler abklappern, die den angemessenen Preis für ihren Schutz nicht zahlen wollten, und Totò machte ihnen klar, wieso sie besser zahlen sollten, und verkleisterte die Schlösser der Ladentüren mit Klebstoff, sodass sie kein Schlüssel mehr öffnen konnte, sondern nur der Schweißbrenner des Schlossers.

Dann, eines Nachts, sagten sie ihm, er solle sein Messer mitbringen, auf den Parkplatz einer Mietskaserne, dorthin, wo die Stadt damals noch in Land überging. Totò war aufgeregt und unruhig, denn wenn er das Messer mitbringen sollte, dann, um es jemandem ins Fleisch zu bohren. Das hatte Totò noch nie gemacht, er wusste nicht, wie das geht, und auch nicht, wie man aus der Sache wieder rauskommt oder den Reflexen des Opfers begegnet, das beim ersten Hieb noch nicht merkt, dass es durchbohrt wurde, sondern nur einen eisigen Stich verspürt und sich wie ein Tier mit Zähnen und Klauen verteidigt.

Als er zum Parkplatz kam, fragten sie ihn, ob er das Messer dabeihabe. Totò zog es aus der Tasche und zeigte es ihnen. Sie waren zu zweit und fingen an zu lachen, weil Totòs Hand zitterte. »Was glaubst denn du«, sagten sie, »du sollst niemanden abstechen. Nur eine Warnung. Siehst du das Auto dort? Die Reifen, alle vier, und dann nix wie weg.«

Es war der Kleinwagen eines Bullen aus dem Passamt, der offenbar schwer von Begriff war und seine Nase mit allzu großem Eifer in mit Vorstrafen bekleckerte Papiere steckte, das natürliche Ausfertigungs- und Genehmigungsprozedere behinderte und neben den langsam mahlenden Mühlen der Bürokratie die Härte des Gesetzes walten ließ. Doch manch einer brauchte dringend astreine Ausweispapiere und Bewilligungen, um einen Bauantrag durchzukriegen und mit seiner Baustelle loszulegen. Wenn der Bulle also im Guten nicht zu überzeugen war und die Einladung zu einer Woche Gratisurlaub mit Frau und Kindern im Hotel am Meer an den Absender zurückschickte, dann eben im Bösen.

In Wirklichkeit musste man ihn gar nicht mehr überzeugen, denn kaum hatte er die Einladung ausgeschlagen, war ihm ein Licht aufgegangen. Die logische Zwangsläufigkeit, dass nach dem Zuckerbrot die Peitsche folgte, hatte ihn wie ein Blitz getroffen. Mit dieser glasklaren Erkenntnis brachte er die Papiere sogleich ins Reine, strich eigenhändig sämtliche Vorstrafen heraus, legte die Unterlagen dem Polizeichef persönlich zur Unterschrift vor und leitete sie in Windeseile an das zuständige Postamt weiter. Doch seine Emsigkeit konnte ihn nicht beruhigen, sein vorauseilender Gehorsam nagte an seinem Gewissen, und Tag und Nacht trieb ihn die Sorge um, dafür bezahlen zu müssen. Er schlief nicht mehr in seinem Bett, sondern hatte sich mit einem Liegestuhl, einer Thermoskanne voller Kaffee und der schussbereiten Dienstpistole auf dem Balkon postiert.

Der Unabwendbarkeit des Anschlags und aller Wachsamkeit zum Trotz war er wie vom Donner gerührt, als er diesen Jungen zielstrebig durch die Nacht zu seinem Auto huschen sah. Ohnmächtig sah er zu, wie dieser das Messer zog und den ersten Reifen zerstach, dann den zweiten. Es passierte genau so, wie er es in seinen Albträumen vorhergesehen hatte, in der gleichen Abfolge und auf die gleiche Weise, so erschreckend ähnlich, dass er zu keiner Reaktion fähig war. Er kam erst wieder zu sich, als Totò auf dem Weg zum dritten Reifen in überschäumendem Eifer den Autolack mit dem Messer zerkratzte und damit fortfuhr, als er sich dem vierten Reifen näherte. Da griff der Polizist zur Pistole, zielte und schoss.

Sie hatten Totò nicht wegen seines Könnens ausgewählt, das sich erst noch erweisen musste, sondern wegen seines einzigen offenkundigen Talents: Er konnte rennen. Totò vernahm den Schuss, als die Klinge bereits im vierten Reifen steckte. Mit der Blitzesschnelle seines Verstandes zog er sie heraus und ließ sich von seinen Beinen in Sicherheit bringen.

Wie ein Nachtvogel segelte Totò dahin und zog an den Bussen mit den Arbeitern vorbei, die mit an die

Fenster gelehnten Köpfen vor sich hin dösten und ihn für ein Traumbild ihres eigenen Fluchttriebs hielten. Er war schneller als sein Geruch, sodass die Hunde, die an den Wegkreuzungen lauerten, um dem nächstbesten Fahrzeug nachzujagen, sein Kommen nicht bemerkten. Sie hoben lediglich die Schnauze im Lufthauch, den er nach sich zog. Nicht einmal der Wind konnte ihn einholen, der ruhelos über das letzte und bereits verlorene Stück Flur schweifte und es ihm überließ, den Blütenstaub mit einer leichten nächtlichen Brise zu verteilen, weil die Bienen und sämtliche Fluginsekten die Lust an ihren Frühlingspflichten verloren hatten.

Totò rannte voller Freude, davongekommen zu sein, er jagte um die Kurven der Ausfallstraßen, dass die Luft durch seine grinsend gebleckten Zähne pfiff und seine Füße kaum den Boden berührten. Er roch das Meer und wähnte sich zu Hause. Und während er im ersten Morgenlicht das Tempo drosselte, glaubte er, schneller als eine Pistolenkugel zu sein.

Der Polizist hatte seinen Wachtposten auf dem Balkon verlassen, war mit der Waffe in der Hand hinuntergegangen, um den Schaden an den Reifen in Augenschein zu nehmen, und suchte die Fenster der geparkten Autos, die Rinde der Bäume und die Mauern der Mietshäuser nach dem Einschussloch seiner Kugel ab.

Die Legende von Totòs Schnelligkeit wurde von den Passanten verbreitet, die auf den Grenzstraßen des Borgo Vecchio beklaut wurden und den Diebstahl erst bemerkten, als von Totò nur noch die Jacke am Ende der Straße zu sehen und eine Verfolgung oder sonst eine Reaktion völlig undenkbar war. Wenn die Opfer die Passanten fragten: »Habt ihr den gesehen?«, antworteten sie nur, sie hätten einen Lufthauch wahrgenommen, eine Art Windstoß, ungewöhnlich für das Klima dieser Gegend, aber weder ein Gesicht noch eine Silhouette.

Wenn die Streife kam, um die ersten Zeugenaussagen aufzunehmen, wussten die Beamten sofort, wer der Täter war, denn nur einer hatte in der Datenbank des Präsidiums noch kein Phantombild, weil die Bestohlenen ihn nur von hinten und die Farbe seiner Jacke beschreiben konnten. Während die Polizisten völlig nutzlose Hinweise aufnahmen, rief das Funkgerät zu einem weiteren dringenden Einsatz ein paar Querstraßen weiter, und kaum waren sie dort und erfassten das Vergehen, kam über Funk ein neuer Notfall in der nächsten Gasse, und dann noch einer, aber eine Gasse weiter in die andere Richtung, vor dem Postamt, weil Totò noch einmal zurückgekehrt war, um der Polizei und allen, die ihn erkannt hatten, eins auszuwischen.

Beim ersten Vorbeistieben hatte er aus dem Augenwinkel die hilflosen, klapprigen Rentner gesehen, die im Postamt ihre magere Pension abholen. Unterwegs hatte er sich dann in aller Seelenruhe ein paar Gelegenheitsdiebstählen gewidmet und seinen Lauf nach dem Vorrücken der Warteschlange im Postamt getaktet. Kaum machten die Rentner den ersten unsicheren Schritt auf die Straße, war er wieder zur Stelle, um sich das Ruhegeld zu schnappen, das sie gerade in den Geheimtaschen ihrer Mäntel und den Tresorfächern ihrer Hosen verstauen wollten, eingenäht in den leidigen Nächten aufstoßender Altersangst, wenn sie sich eine Zukunft vorzustellen versuchten, die sie nicht hatten und die nichtsdestoweniger bedrohlich war.

Mit wenigen Sätzen holte sich Totò, was er kriegen konnte, und ehe die Rentner merkten, dass sie nichts mehr in den Fingern hatten, war er bereits auf und davon und überließ sie ihren wässrigen Blicken, versunken im Zweifel, ob sie das kurze Glück des Monatsgeldes nur geträumt hatten. Der Überfall ereignete sich vor den Augen der Streifenbeamten, die ob der Schnelligkeit der Ereignisse ebenfalls wie gelähmt waren. Erst als Totò in die Gasse bog, machten sie sich an die Verfolgung, ein Polizist zu Fuß und der andere am Steuer des Streifenwagens. Doch Totò war für beide zu schnell. Der Beamte zu Fuß war der Peinlichkeit ausgesetzt, beim Rennen hektisch an der widerspenstigen Pistole im Halfter zu zerren und mit der anderen Hand seine Mütze festzuhalten, die wegzufliegen drohte und seinen vom hinderlichen Klimbim der schmerzhaft gegen die Leisten schlagenden Handschellen ohnehin schon gebremsten Spurt mit dem lästigen Gedanken schwächte, den Verlust mit einer Gehaltskürzung büßen zu müssen. Unterdessen versuchte sich der Polizist am Steuer aus der Umarmung der Menge zu befreien und ließ die Reifen im Takt der Sirene quietschen, um die Gaffer beiseitezudrängen, sich zwischen den Autokolonnen Platz zu verschaffen und mit brüllendem Vergaser die Verfolgung aufzunehmen. Doch sofort musste er wieder auf die Bremse treten, weil die Lieferwagen, die in der Kurve parkten, keinen Raum für ein schneidiges Überholmanöver ließen und er vorsichtig an ihnen vorbeikriechen musste. Und obwohl er Totòs Jacke wie einen Wirbelwind in einer Gasse hatte verschwinden sehen, war er abermals gezwungen, quietschend in die Eisen zu steigen, weil kein Fahrzeug hineinpasste, stammte sie doch aus einer Zeit, in der man ausschließlich zu Fuß unterwegs war. Während sie versuchten, die Gasse zu umgehen und ihn auf der anderen Seite abzupassen, erreichte sie der x-te Einsatzruf: wieder ein Handtaschenraub von Totò dem Räuber am Ende des Viertels, mehrere Blocks entfernt, so weit weg und so unmittelbar, dass die beiden Beamten beschlossen, die glücklose Verfolgung einzustellen. Über Funk gaben sie durch, eine Fortsetzung sei unmöglich, der Räuber sei der Justiz zu überlassen, denn rechtlich gesehen habe man es nicht mit einem einzelnen Straßendieb, sondern mit einer gut organisierten, vielköpfigen Bande zu tun. Sie stellten neue Verbrechens- und Ermittlungshypothesen auf, das ist mehr als Raub, das ist Rebellion, ein subversiver Brandherd, schließlich wird die Polizei an den Pranger gestellt. Höchste Zeit, dass sich die Politik einschaltet. All das teilten sie über Funk mit, weil sie die Schnelligkeit Totòs nicht fassen konnten, der auf einer einzigen Runde so viel Beute machte wie andere Diebe an einem ganzen Tag.

Diese Legende erzählte Cristofaro Mimmo und Nanà, die heißen Krippengrottendampf aus ihren Nüstern blies, und alle drei fühlten sich im Warten auf die heilige Geburt geborgen.

Mimmo konnte die epischen Schilderungen bestätigen, denn als er Nanà einmal zu einem kleinen Spaziergang durch die Gassen führte, hatte er Totò gesehen, wie er mit einem Fuß auf dem Reifen eines Autos dastand, und ihn vor den versammelten Kneipenfreunden zu einem Wettrennen an der Strandpromenade herausgefordert. Ich soll gegen dich antreten?, hatte Totò gefragt. Mimmo hatte den Kopf geschüttelt und auf Nanà gezeigt, die ihre Championqualitäten noch nicht auf der geheimen Rennbahn am Vorgebirge zur Schau gestellt hatte. Totò fing an zu lachen, und sofort ergriffen seine Freunde die Gelegenheit, ihn aufzuziehen: Es reicht dir wohl nicht, gegen die Bullen anzutreten, jetzt wollen es sogar die Gäule wissen. Und während sie lachten, strich Totò Mimmo über den Kopf und sagte: »Sollten mir noch zwei Beine wachsen, treffen wir uns an der Strandpromenade.« Bei diesem Streicheln wünschte sich Mimmo noch sehnlicher, Totòs Sohn zu sein, und er nahm Cristofaro mit in seinen Traum hinein, weil sein Freund ihn noch viel dringender brauchte.

Mimmo erzählte Cristofaro nicht, dass er aufs Ganze hatte gehen wollen. Er erzählte ihm nicht, dass er sich einen Ruck gegeben und Totò den Räuber am Arm festgehalten hatte, er müsse ihm noch etwas sagen, unter vier Augen. Und als Totò ihm neugierig folgte, rückte Mimmo mit der ganzen Wette heraus: Wenn Totò gewinnen würde, gehörte das Pferd ihm, doch wäre Nanà zuerst im Ziel, müsste er Cristofaros Vater für dreihundert Scheine eine Kugel in den Kopf jagen. Mimmo erzählte nicht von Totòs verlorenem Blick, von der Frage, die ihm nicht über die Lippen gekommen war, von dem Verhängnis, das von Geburt an in seinem Blick zu lesen war und sich in Nanàs menschlichen Augen spiegelte. »Was soll ich mit einem Pferd«, hatte er geantwortet und war in den Kreis seiner Tavernenfreunde zurückgekehrt.

Cristofaro erfuhr nie von Mimmos entschlossener Tat, die ihn vor dem sicheren Tod durch die väterliche

Hand bewahren wollte. Im Stall erzählte er davon, wie Totò zum ersten Mal beauftragt worden war, jemanden mit dem Messer abzustechen. Den Matrosen, der in Gedanken an Carmela und ihr von der Mantel-Madonna beschütztes Bett durch die Gassen trödelte. Wir können es nicht tun, sagten ihm die Auftraggeber, weil wir auf Carmelas Treppe waren, um unser Recht einzufordern, und diese Burschen uns keinen Respekt gezollt haben, wir können es nicht tun, weil sie uns gesehen haben und wir uns ein Alibi verschaffen und in der Eckbar, in der Diebe und Polizisten sich treffen und einander in die Augen sehen, auf unsere Rache warten müssen. Da, das ist er, sagten sie zu Totò und zeigten ihm den weiß gekleideten Jungen, der, seinem inneren Matrosenkompass folgend, auf weiten Umwegen zum Hafen schlenderte. Totò gab ihnen genug Zeit, sich in der Eckbar zu verschanzen, und rannte los.

Er umrundete den Block, ließ die beleuchteten Straßen hinter sich, durchquerte die von den Wachhunden kontrollierten Höfe, die nicht anschlugen, weil sie den Geruch seines Lufthauches kannten, drang lautlos in die verborgensten Gassen vor, die unversehens in die Straße am Meer mündeten, erspähte ihn dort, wo er mit ihm gerechnet hatte, denn Totò rannte mit Verstand, zückte das Messer, stach zu, zog es heraus und rannte, ohne sich umzudrehen, weiter. Der Matrose spürte keinen Schmerz, er hielt Totòs salzigen Luftzug für eine Meeresbrise, blieb instinktiv stehen und sah das Blut, das seine Hosen tränkte. Er sank auf die Knie, um zu beten, und wurde ohnmächtig vor Angst.

Totò lief weiter, er lief, ohne an eine Pause zu denken, er floh mit der Angst vor seinem messerstechenden Selbst, mit dem Gefühl von zerstochenen Reifen, umgetrieben von dem unfasslichen Gedanken, wie ähnlich die Konsistenz des Fleisches der künstlichen Dichte von Gummi war. Im Laufen weinte er vor Ekel und Angst, er weinte um den zusammengebrochenen Matrosen und um sich selbst. Zum ersten Mal fühlte er sich mutterseelenallein, weil niemand ihn aufhalten würde, und er rannte weiter, bis seine Beine ihn nicht mehr trugen und vor Carmelas Haustür abluden. Totò drückte auf die Klingel, obwohl Carmelas Fensterläden geschlossen waren, und Carmela öffnete, obwohl sie das noch nie getan hatte, mitten in der Nacht und bei demonstrativ verrammelten Läden. Als sie den vor Erschöpfung und Angst bleichen Totò vor sich sah, ließ sie ihn ein. Sie wusch ihm die blutverschmierte Hand und versteckte das Messer unter Celestes Matratzenfedern. Sie zog ihn aus wie eine Geliebte, eine Mutter. Sie ließ ihn in ihr Bett und wiegte ihn unter den Blicken der Mantel-Madonna in den Schlaf.

Bis zum fünften Schwangerschaftsmonat kehrte Totò jede Nacht zu ihr zurück. Dann schlossen sich die Fensterläden auch für ihn, denn die Madonna mit dem Mantel duldete keine Ausnahmen. Doch sie verabredeten eine Uhrzeit und einen geheimen Pfiff. Jeden Morgen vor seinen Beutezügen fand Totò die Haustür offen, stieg mit einer Einkaufstüte Carmelas Treppe hinauf und stellte sie vor ihrer Tür ab, damit sie die Klausur ihrer Lethargie überlebte.

So schildete Cristofaro in groben Zügen die Legende von Totò, den alle Jungen des Viertels zum Vater haben wollten und der seit jener Nacht geschworen hatte, nie mehr ein Messer anzurühren. Deshalb arbeitet Totò der Räuber nur mit der Pistole, sagte Cristofaro, der spürte, dass es Zeit war, zu den abendlichen Schlägen nach Hause zu gehen.

An jenem Abend erwartete Carmela Totò wie eine Ehefrau. Sie hatte die Arbeitslaken durch die der Liebe ersetzt und trug das himmelblaue Negligé, das Totò ihr so gern auszog. Als es an der Tür klopfte, schloss Carmela ihn fest in die Arme, und sie liebten sich unter der sommerhimmelfarbenen Zimmerdecke und dem segnenden Blick der Mantel-Madonna und lauschten dem Atem der schlafenden Celeste, die das Märchen von ihrem Vater träumte. In ihrem künstlichen Himmel stellten sie sich weiße Schönwetterwolken vor, die vor dem Mistral davonzogen und zwischen den vier Wänden Fangen spielten, und afrikanische Reiher, die in keilförmigen Schwärmen gegen den Wind in Richtung Küche zogen, wo sie Pfützen zur Rast fänden, um zu verschnaufen und ihre Flugbahn den Flugzeugen zu überlassen, die zwischen den Kontinenten unterwegs waren und in den Scheinwerferreflexen der Autos an der Zimmerdecke blinkten, bis ihre Flügel in der ersten schwarzen Hagelwolke verschwanden, die endlich mit einem Donnerschlag Cristofaros Schrei zu den Hieben des Vaters herbeitrug, ein Kläffen, das Röcheln eines unrettbar verlorenen Hundes, denn auch die Mutter hatte ihn verlassen und bekreuzigte sich, während sie dem Heulen des Sohnes lauschte, und dann nichts mehr.

Totò und Carmela ließen sich auf dem Bett treiben und grübelten dem Geheimnis der Stille nach. Und endlich schlief Totò in der Gewissheit ein, dass er, sollte er Cristofaro retten, die Welt verändern würde.

## Die Ohrringe

Erst als die Pistole direkt zwischen seine Augen gerichtet war, begriff der Verräter, wie sehr er Totò hasste. Er war das abendliche Spielchen vor der Taverne gewohnt, die aus dem Strumpfhalfter gezogene Pistole, um Entschlossenheit zu markieren und sich der Angst der Freunde zu vergewissern. An diesem Abend hätte er gern die Pistole gehabt. Mit zwei Küssen auf die Wangen würde er sich von Totò verabschieden, sie würden auseinandergehen, Totò nähme die Straße zu Carmela, und er würde in die Parallelgasse hinter der Taverne schlüpfen, durch die schmalen Querverbindungen in die Straße hinüberspähen und seinen Schritt an Totòs Tempo anpassen, um an ihm vorbeizuziehen, ihn nicht aus den Augen zu verlieren und in Hörweite seiner auf dem Gehsteig klappernden Absätze zu bleiben. Bei dieser Vorstellung ging ihm auf, dass er bequeme, leise Schuhe trug und Totò ihn nicht hören würde. Unversehens würde er kurz vor dem Platz, wenn Carmelas

Haus nicht mehr weit wäre und Totò auch die letzte Vorsicht fahren ließe, eine Querstraße nehmen. Er würde ihm an der Ecke auflauern, den gesenkten Arm mit der Waffe dicht am Körper, dann würde er ihn heben und Totò in die Augen sehen, bis der den elektrischen Schlag seines Hasses endlich zu spüren bekäme, so heftig und unausweichlich wie ein aus nächster Nähe in den Nacken gefeuertes Projektil. Und selbst in diese Fantasievorstellung von Totòs zerplatztem Kopf auf dem Gehsteig, der wachsenden Blutlache, die dem Gefälle folgte, dem Grauen über seine eigene Grausamkeit, bräche jäh der Schrei des geprügelten Cristofaro.

Er hasste Totò, weil er Carmela liebte. Ihre weiße Haut, die das Dunkel des Zimmers zu erhellen vermochte, hatte ihn zutiefst berührt. Er hatte sie liebkost, und dieses Leuchten war an seinen Händen haften geblieben. Ihn verfolgte die Erinnerung an die Rundung ihrer Schultern, als sie einsatzbereit in Gebetshaltung dakniete, um gleich zur Sache zu kommen, und die Sehnsucht nach ihrem Rücken ließ ihm keine Ruhe. Bis zu den Hügeln ihrer Schulterblätter war er dem sanften Grat gefolgt, der gleich einem zarten Zweig im Nacken vor feinen Härchen blühte. Niemals würde er aufhören, sich nach ihrem Zopf zu verzehren, den sie, wenn sie mit dem Mund arbeiten musste, hastig mit einem Gummi zusammenband, damit ihr nichts in die Quere kam und der im Preis inbegriffene Blick auf ihre gestülpten Lippen und den locker geöffneten Kiefer gewährleistet war. Carmelas Lippen, die seine Lippen niemals erhören würden, weil sie Totò gehörten. Alles andere war Broterwerb.

Carmela hatte gespürt, dass sein Begehren mehr war als der natürliche Hunger nach ihrem Fleisch, denn er hielt sich bei den weniger frequentierten Körperstellen auf, die der Routine der meisten Freier entgingen, verweilte in verborgenen Falten, die nicht einmal sie selbst kannte, und entdeckte das Juwel eines Leberflecks, den süßen Makel eines Dehnungsstreifens, den goldenen Saum einer alten Narbe. Er nahm sich die Zeit, sie mit sanften Zärtlichkeiten zu verwöhnen, und stellte sie sich als hilflos weinendes Mädchen vor, für das er erwachsen genug sein wollte, es mit kindlichen Küssen zu trösten. Er wollte es in dem Moment, als Carmela ungeduldig auf Ellenbogen und Knien verharrte und schließlich im Wissen, dass neue Freier auf dem Gehsteig auf das Zeichen der Fensterläden warteten, beherzt seine Hand ergriff, um die Sache zu beschleunigen. Wenn er dann endlich das Zimmer verließ, seufzte Carmela erleichtert auf, weil nichts ihr unangenehmer war als das Staunen der Liebe.

Sie hatte beschlossen, seine Leidenschaft im Zaum zu halten, ihr einen Riegel vorzuschieben und auf den vereinbarten Betrag zu bestehen, den er sogleich unmissverständlich auf dem Nachttisch deponierte. Er legte sogar noch etwas drauf, das sie ohne Widerworte akzeptierte, denn weil er seit Kindertagen mit Totò befreundet war, hatten beide ein schlechtes Gewissen. Er war der Auserwählte, der Totòs kriminellen Einstand begleitet hatte, er hatte bei den ersten Überfällen an den Hauseingängen Schmiere gestanden, er hatte bei den stümperhaften Handtaschendiebstählen das Motorrad gefahren, während Totò hinten den Arm ausstreckte und die Taschen wegriss, bevor die ganze Welt samt den verrenkten Gliedmaßen und gebrochenen Oberschenkelknochen der Opfer verschwand, die dem ersten Ruck noch standhielten und beim zweiten hinstürzten wie ein gefällter Baum, weil sich ihre Hände hartnäckig an den zerrissenen Tragriemen festklammerten. Er war der Freund, den man aus dem Schlafsaal des Erziehungsheims hatte verbannen müssen, damit die tyrannische Gängelei der anderen verlorenen Kinder ein Ende hatte. Er hatte Totòs blutende Nase verarztet, als sie es ihm während der Hofzeit heimgezahlt und ihn zu dritt festgehalten hatten, damit der Vierte zuschlagen konnte.

Doch seit jenem Abend in der Taverne hatten sich ihre Wege getrennt. Den Fuß auf einen Autoreifen gestützt, hatte Totò noch eine Runde Bier ausgegeben, um anzustoßen, und die Freunde hatten gefragt: »Was gibt's zu feiern, Totò?« Er selbst hatte es schon begriffen, und der Schmerz loderte ihm rot ins Gesicht, brennend spürte er Carmelas weiße Haut unter den Fingerspitzen, die ihn nie wieder erleuchten würde, und mit dem Schmerz wuchs der Hass, weil Totò weiterhin Carmelas Lippen küssen würde, die trotz ihres öffentlichen Bettes, in dem die Männer einen Vorgeschmack auf das Paradies gekostet, unter der himmelblauen Zimmerdecke gestöhnt und sich hinterher vor der Madonna mit dem Mantel bekreuzigt hatten, eine treue Frau war. Und er lächelte mit einer Spur Grausamkeit im Blick, als Totò verkündete, dass er Carmela heiraten und Celestes Vater werden würde, jetzt reicht's, wir müssen unser Leben ändern, angefangen bei dem von Cristofaro, er selbst würde mit dem Säufervater reden, der seinem Sohn nicht das kleinste Haar krümmen dürfe, kein Sohn solle mehr die Verzweiflung der Väter ausbaden, er werde die Welt verändern, und eine Nutte zu heiraten sei der erste Streich.

Totò redete, wie er es noch nie getan hatte, er warf das Schweigen des wachsamen, tierhaft lauernden Waisenjungen über Bord und ließ die Zukunft in seinen Worten Gewissheit werden, derweil seine Freunde ihm zuhörten und einander ungläubige Blicke zuwarfen, weil ihnen dieser Totò nicht geheuer war, und schon sehnten sie sich nach seiner wortkargen Großmäuligkeit zurück, nach der Tiefstapelei seiner täglichen Anekdoten, in denen er das Wunder seiner Beutezüge ganz normal erscheinen ließ. Er verkündete, dass er Carmela gleich nach dem Fest der tief dekolletierten Schutzpatronin des Viertels heiraten werde, wenn die nach Salz riechenden Schirokkoböen wehten. Das Fest und die Prozession wären die Gelegenheit, sich allen zu zeigen und Respekt für seine zukünftige Braut, für Celeste und für sich selbst einzufordern. Und während sich die Freunde um Totò scharten, damit er mit ihnen anstieß, und ihn mit aufmunternden, zweideutigen Flachsereien bedachten, hielt er selbst sich, um nicht mit anstoßen zu müssen, das Gedränge als Ausrede, im Abseits. Totò sah ihn, erkannte seinen Groll, spürte die Verstörung und erging sich in Hochmut, weil er glaubte, er sei der Grund für die Eifersucht seines Freundes, der offenbar befürchtete, auf ihre brüderliche Komplizenschaft verzichten zu müssen. Er ließ Totò in dem Glauben, und als der auf ihn zukam, um ihn zum abendlichen Abschied auf die Wangen zu küssen, gewährte er ihm nur einen Kuss und machte sich davon.

In der Gewissheit, dass er Carmela umbringen würde, durchquerte er die Nacht und träumte mit offenen Augen, ihr die Fülle seiner Liebe darzulegen, während er ihr die Kehle durchschnitt, er würde zu ihrem Herzen vordringen und ihr sagen, dass niemand, nicht einmal ihre Mutter und auch nicht Totò, sie so lieben würden, wie er sie geliebt hatte, denn ihr Körper sei reiner Duft, und nur er könne seine Aromen wahrnehmen, nur er könne auf ihrem Fleisch die ergreifende Poesie ihrer unergründlichen Schönheit lesen, die die anderen kaum erahnten, nur er könne sie in jeder Falte ihrer Armbeugen lesen, nur er habe Augen und Hände, Nase und Mund mit dem gesegneten Wasser ihrer verborgensten Quellen gefüllt, nur er habe den Schlüssel zu diesem Mysterium.

Er gab sich dem Rausch aus Wut und Tränen hin, wetzte das Messer im Schleifwinkel seiner Verzweiflung, zog es gewaltsam über den Schleifstein und stellte sich Carmelas schimmernden Busen vor, von der Klinge zerfetzt, den Vollmond ihrer Pobacken, über den sich der Messerschnitt zog wie ein Meteoritenschweif, die Wärme ihrer milchduftenden Kehle, aus der das Blut sprudelte.

Als der Morgen graute, wich die Gewissheit, dass er sie töten würde, dem Kalkül der Rache. Er würde Carmela nicht umbringen, denn niemand würde in dieser extremen Botschaft die zahllosen Nuancen seiner Leidenschaft erkennen. Totò hätte es nicht verstanden. Er beschloss, lediglich ein Zeichen zu setzen, jedoch ein so treffendes, dass nur Totò um das weinen würde, was er ihm gestohlen hatte, einen tiefen Schnitt auf Carmelas Rücken, den keine Heilung je würde tilgen können. Totò würde wissen, wie sehr er sie in ihrer Gebetsstellung genossen hatte, und wenn er reuevoll ihre

Narbe streichelte, würde er die Klinge in seiner Hand berühren.

Mit dem ersten frühmorgendlichen Schwung der Postangestellten, die vorgeblich Kaffeepause machten, gelangte er vor Carmelas Tür. Als die Fensterläden sich für ihn öffneten und er in ihr Zimmer hinaufging, war Celeste bereits in der Schule. Mit vor Schlaflosigkeit und durchlittener Verzweiflung geröteten Augen stand er vor Carmela. Er war so kurz angebunden und pragmatisch wie noch nie und kam gleich zur Sache, und während Carmela ihm den Rücken zuwandte und sich unter dem Blick der Mantel-Madonna aufs Bett kauerte, legte er die Hand an das im Strumpf versteckte Messer, das er die ganze Nacht gewetzt hatte. Er zog es hervor, bereit, zuzustechen, als sich das Leuchten von Carmelas Rücken für einen Sekundenbruchteil in der Klinge spiegelte, über Decke und Wände huschte und sich in flimmernden Lichtreflexen im himmelblauen Zimmer verlor. Sein Blick fiel wieder auf den unbefleckten Rücken, den Lockruf der hervortretenden Wirbelknochen, er sah die roten Fingerabdrücke auf der Zartheit ihrer Hüften, an denen sich der letzte Freier mit aller Kraft festgehalten hatte, um nicht im Geheimnis dieser Süße zu ertrinken, und fühlte sich wie der x-te Schiffbrüchige, der sich an Carmelas Bett wie an ein Rettungsboot klammerte, also verbarg er das Messer im Strumpf und fing aus Mitleid und Rührung an zu weinen, als wären jeder Mut, jeder Racheplan und sogar der Hass auf Totò aus ihm gewichen.

Carmela hatte das Theater hinter ihrem Rücken nicht mitbekommen und es für die übliche schmachtende Trödelei gehalten, doch als sie sich umdrehte, sah sie ihn in Tränen auf dem Bett hocken, geschüttelt von seinem inneren Kampf, und dachte, in welch erbärmlicher Lage die Männer doch seien, die zum Weinen statt zum Trost zu ihr kamen, und weil sie ebenfalls glaubte, er sei eifersüchtig auf die Heirat, die ihn um die Komplizenschaft mit seinem Freund zu bringen drohte, verstand auch sie nur das, was sie verstehen wollte. Sie beschwichtigte ihn und versprach, Totò genug Raum und Freiheit für seine Freundschaften zu lassen, niemals würde sie den gemeinschaftlichen Machenschaften und Plänen im Wege stehen, und als gehörte er zur Familie, weihte sie ihn im Negligé und mit dem von einem Gummiband gehaltenen Zopf in das vertrauliche Geheimnis des Verlobungsgeschenks ein, das Totò ihr am Vorabend offenbart und den Deckel des herrlichen Schatzkästchens über den hinreißenden Gold- und Perlenohrringen geöffnet hatte, und führte ihm kokett vor, wie sie ihr Gesicht zum Strahlen brachten und die Anmut ihres Halses und ihrer Figur unterstrichen.

Als der Freund die Ohrringe sah, war ihm sofort klar, dass es für Totò kein Entkommen gab. Er wollte sie genauer besehen, sie prüfend zwischen den Fingern halten, und auf Carmelas Frage, ob sie echt seien, antwortete er in aller Seelenruhe, ja, die sind echt, denn endlich hatte er gefunden, womit er seine Verzweiflung füttern konnte.

Er kannte diese Ohrringe von den Fotos, die sie einander in der Eckbar an der Grenze des Viertels, wo Bullen und Räuber sich in die Augen sehen, unter die Nase gehalten hatten; mit der Frage, ob jemand etwas über die Ohrringe wisse, ob sie zufällig in den Hinterzimmern der Hehler aufgetaucht seien, waren die Fotos von Hand zu Hand gegangen, und alle hatten ratlos mit dem Kinn gezuckt und durchblicken lassen, dass sie, selbst wenn sie etwas wüssten, die Klappe halten würden. Doch die Bullen ließen nicht locker, schaut noch mal genau hin, das sind die Ohrringe von der Gattin des Polizeipräsidenten, Erbstücke ihrer adeligen Sippe, die sich einst damit schmückte, um König, Königin und Hofdamen zu spielen, die Großmutter war eine Vertraute der Königin Margherita gewesen, die sie höchstpersönlich bewundert und darum gebeten hatte, sie bei einem Ball zu Ehren des schottischen Königs zu tragen, woraufhin der piemontesische Geheimdienst kaiserliche Restaurationsmachenschaften vermutete, weil diese Ohrringe in keiner Liste königlicher Besitztümer auftauchten, man munkelte von einem Liebhaber und fürchtete um das Reich. Man darf eine adelige Tochter nicht mit vorgehaltener Pistole in den Gassen des Viertels ausrauben, das darf man nicht, sonst sind wir keinen Deut besser als die und lassen uns zu Dingen hinreißen, die man nicht tun darf – also versuchten sie es im Guten mit einer Belohnung und mahnten im Bösen, wir graben euch das Wasser ab, woraufhin die Männer die Bar verließen und den Unmut der Bullen mit einem einvernehmlichen Feixen quittierten.

Er sah zu, wie Carmela die Ohrringe in das Kästchen zurücklegte und die Fensterläden für den nächsten Freier öffnete, verabschiedete sich mit einem beifälligen Lächeln ob der bevorstehenden Hochzeit und machte sich auf den Weg in die Bar. Er musste kein Wort sagen. Er sah dem diensthabenden Bullen, der an einem Tischchen saß, in die Augen, der sofort begriff und bedeutsam zu Boden blickte.

## Die Kugel

Wie jedes Jahr hatte der Pfarrer die Diener der Schutzpatronin eine Woche vor ihrem Jubelfest auf dem Platz zusammengerufen. In Wirklichkeit waren es die Urheber der gotteslästerlichen Diebstähle, die die Kirche des Viertels aufhübschen sollten, weil der Vatikan sie vergessen und ohne Almosen und Beihilfen im Stich gelassen hatte und Gottes Gnade sich nunmehr auf geheimen, nächtlichen Wegen zeigte. Sie tauchten auf und machten den Straßenhändlern unmissverständlich klar, dass sie den Platz wegen der Vorbereitungen für das Patronatsfest zu räumen hätten. Es war der Markt, der sich aus Armut jeden Sonntag im Morgengrauen vor der Kirchentür aufbaute.

Es gab weder eine Ordnung noch zugewiesene Plätze, und die Verkäufer hielten tägliche Bedarfsgüter feil, denen sie während der Nacht mit Cremes, Polituren und Putzlappen mühsam zu nagelneuem Glanz verholfen hatten, weshalb ihnen keine Kraft zum Feilschen blieb.

Jeder durfte den Preis zahlen, der ihm angemessen erschien.

Die Käufer kamen in Busladungen aus anderen Vierteln und suchten etwas, etwas ganz Bestimmtes, dessen Mangel das Getriebe ihres Lebens lahmgelegt hatte. An einem Sonntag waren es Gymnastikschuhe mit hellblauen Rauten und Lämpchen, die bei jedem Schritt blinkten, an einem anderen Sonntag war es der Schulranzen mit dem Motiv einer sprechenden Katze, und an wieder einem anderen Unterhosen in den Farben der Fußballmannschaft, bonbonrosa Beinwärmer oder Flicken in Form eines Handabdrucks, die man auf den Hosenboden nähte, um nicht vorhandene Risse zu kaschieren. In der Dringlichkeit ihres Bedürfnisses vergaßen sie alle anderen Entbehrungen, obwohl sie die Miete nicht zahlen konnten und man ihnen den Strom abgestellt hatte. Wenn sie wieder in den Bus stiegen, um mit ihrem Schnäppchen in der Plastiktüte nach Hause zu fahren, spürten sie, dass das Rad des Lebens sich wieder zu drehen begann. Doch schon bei der zweiten Haltestelle war die Befriedigung zu einem lästigen Summen im Kopf zusammengeschrumpft und verwandelte sich bei der dritten in Angst. Ihnen war aufgegangen, dass sie ihr letztes Geld ausgegeben hatten und ihnen nichts mehr blieb, nicht einmal für den Rückfahrschein.

Die Straßenverkäufer kehrten als einstweilige Käufer auf den Platz zurück, denn am Sonntag zuvor hatten sie ein Paar Turnschuhe verkauft und schützten nun mit der Hand in der Tasche den Schatz der erworbenen Münzen. Es waren so wenige, dass es kaum für eine Neuanschaffung reichte. Ohne zu wissen, wonach sie suchten, kramten sie zwischen den nach Größe angeordneten Kindermänteln herum. Auf dem Gehsteig hatten die Verkäufer gerahmte Fotos von Kindern in den entsprechenden Altersstufen ausgelegt, vom ersten Bad als Baby bis hin zu sämtlichen religiösen Feiern in der Jugend, um klarzumachen, dass ihr Nachwuchs ebenfalls zum Verkauf stand. Nicht aus mangelnder Liebe, sondern weil sie ihn einfach nicht satt bekamen, weil das Geld für die nötigsten Kleidungsstücke und die Schule, für Schuhe und Schulbücher fehlte. Sie hatten die Nase voll von der Grausamkeit der Sozialarbeiter, die ihnen mit Inobhutnahme drohten und mit gerichtlichen Mahnungen wedelten, in denen man sie letztmalig zur Einhaltung der Schulpflicht aufforderte, und beschlossen, ihre Kinder unter Wert zu verkaufen, in der Hoffnung, sie vor ihrem naturgegebenen Verhängnis zu bewahren. Sie vermieden es, ihre Kinder leibhaftig feilzubieten, nicht weil sich jemand daran stören oder die Polizei ihnen Ärger machen könnte, die sich auf dem Platz sowieso niemals blicken ließ, sondern weil Kinder nun einmal zappelig sind und niemals still sitzen wollen. Sie wären den Scharen der Kinder vor Ort nachgerannt, die sich in der Flucht zu Fuß übten.

Während die einstweiligen Käufer die angebotene Ware prüfend in Augenschein nahmen und sich fragten, wonach sie eigentlich suchten, fielen ihnen ihre alten, abermals mühevoll auf Hochglanz polierten Turnschuhe in die Hände, für deren Kauf sie nur ein bisschen was obendrauf würden legen müssen. Sie kauften sie, drehten sie in den Händen, als wären sie neu, und redeten sich ein, es seien nicht ihre Turnschuhe, sondern andere, neue und bessere, das Leder war weicher, sie glänzten mehr, die Gummisohle erschien dicker. Beim näheren Hinsehen entdeckten sie eine Schramme am Absatz, die von einem Stolpern und einem Sturz herrührte, und erinnerten sich an das Wann und Wie; es waren also doch ihre Turnschuhe – die nachdrückliche Bestätigung, dass sie das immer gleiche Elend auf ewig wiederkäuen würden.

Der radikalste unter den hasardierenden Straßenhändlern war der Verkäufer eines einsamen Schuhs. Das Gegenstück war aus Bosheit gestohlen worden, denn es war das schönste und glänzendste Paar aus schwarzem Pferdeleder gewesen, Hochzeitsschuhe, die ihn auf Schritt und Tritt zu allen festlichen Gelegenheiten und sogar bei jedem Weihnachtsessen begleitet hatten, obwohl es Sommerschuhe waren. Dieser übrig gebliebene rechte Schuh zeigte sich jeden Sonntag so neu und glänzend wie keine andere Ware, und das nicht aus schierer Wut über den Diebstahl oder aus Sehnsucht nach dem fehlenden linken, sondern weil ein einzelner Schuh sich leichter pflegen lässt. Der Verkäufer indes war über den vergeblichen Versuch, den einzelnen Schuh zu verkaufen, alt geworden und hockte immer blasser und schmächtiger auf dem Platz. Er hielt an der Hoffnung fest, der schuftige Dieb würde eines Sonntags in dem Glauben auftauchen, der weit zurückliegende Diebstahl sei in Vergessenheit geraten und ohnehin längst verjährt, denn dass er Anzeige erstatten könne, hatte man dem Bestohlenen auf dem Präsidium erklärt. Er dürfe jedoch nichts erwarten, denn selbst gegen die einsichtigsten Hehler sei es unmöglich zu ermitteln. Da das Vergehen als Einschüchterung eingestuft wurde, fragte man ihn, ob er Feinde habe oder Zwist mit den Nachbarn, mit Verwandten oder ehemaligen Freunden. Doch sosehr er seine Erinnerung bemühte und nach einem Motiv und einem Auftraggeber forschte, stieß er nur auf diesen einen dreisten Fehltritt: Er hatte diese Schuhe gemocht.

Er war überzeugt, nur der Dieb könnte eines Tages den rechten Schuh verlangen. Jeden Sonntag malte er ihn sich aus und konnte ihn mit seinem tagträumenden Blick sogar im Marktgewühl entdecken, wo er sich scheinbar achtlos an der ausgestellten Ware vorbeischob, wie von ungefähr näher kam, nach dem Schuh griff und ihn mit einem Blitzen in den Augen erkannte. Doch erst bei der Frage nach dem Preis würde er ihn zur Rechenschaft ziehen, denn in der Schuhschachtel lag schon seit langer Zeit ein Messer bereit.

Nur ein einziges Mal war er kurz davor gewesen, den Schuh wegzugeben und auf seine Rache zu verzichten. Die Kinder waren angerannt gekommen und hatten ihm erzählt, von der anderen Seite des Platzes humpele ein einbeiniger Provinzler auf einer Krücke herüber, der sich trotz der unbequemen Busfahrt und des beschwerlichen Weges aus seinem Dorf herausgewagt hatte, weil die Kunde des wunderschönen Einzelschuhs bis in die Berge vorgedrungen war. Er brauchte ihn wegen des erschwinglichen Preises und der rasch durchgelaufenen Sohle an seinem einzigen Fuß, der für zwei herhalten musste. Mit torkelnden Schritten lahmte er heran und griff schwer atmend nach dem Schuh. Die Größe stimmte, genau danach hatte er gesucht, und während der alte Verkäufer ihn auf die fein gearbeiteten Nähte, die stabilen Schuhbänder und das weiche Leder hinwies, blickten sie einander plötzlich ins Gesicht, weil sie das erbarmungslose Lachen Gottes vernommen hatten: Der Schuh war perfekt, jedoch für den fehlenden Fuß.

Die Diener der Schutzheiligen, denen der Pfarrer einen pastoralen Brustlatz mit der aufgehenden Sonne der Erlösung darauf verpasst hatte und die nicht anders zu überzeugen wussten als durch die übliche Dreistigkeit, die sie bis zur priesterlichen Beförderung am eigenen Leib erfahren hatten, verteilten Rempler und verkauften sie als Segen. Und da der Sonntag bereits mies begonnen hatte und noch schlimmer zu werden drohte, räumten die Straßenverkäufer hastig den Platz.

Eine ganze Woche im Voraus umzäunten die Diener den Platz mit Absperrgittern, denn die intensiven Vorbereitungen und unsichtbaren Heiligkeiten kirchlicher Aktivitäten brauchen nun einmal ihre Zeit. Es brauchte Zeit, die Lichterketten von einer Seite des Platzes zur anderen zu spannen, Zeit, die man darauf verwenden konnte, unsicher auf der obersten Leitersprosse zu balancieren und durch das geöffnete Balkonfenster Carmelas wilden Körper zu erspähen, der auf Freier wartete und den die beiden Diener mit der Ausrede des unentwirrbaren Kabelknäuels begafften, das die Festlichter am Himmel des Viertels entzünden sollte. Ihre begehrliche Verzückung war so groß, dass sie sich in vorauseilender Bußfertigkeit bekreuzigten, denn immerhin standen sie auf der Gehaltsliste der Schutzheiligen und konnten dennoch nicht aufhören, sich gegenseitig mit zweideutigen Schlüpfrigkeiten im Elektrikerjargon anzustacheln, ich stecke den Pluspol in die Klemme, und dann steckst du den negativen rein, ganz tief, bis es funkt, jetzt blinkt es und jetzt nicht, und während der Kurzschluss in ihren Eingeweiden ihnen das Blut in die Wangen trieb, wurden sie dort oben auf der Leiter immer erfinderischer und dachten sich lauter neue Verrenkungen aus, schlangen die Beine um die Leiterholme und rieben den Bauch an den Sprossen. Carmela tat das Ihre und probierte vor dem Spiegel weiße Hochzeitskleider an, die Totò in den Modeboutiquen geklaut hatte.

Er hatte einen sicheren Griff bewiesen. Carmelas Maße waren ihm in Fleisch und Blut übergegangen, er kannte ihre Figur und jede Rundung, die die Wirkung schmälern, Wulste und Falten schlagen könnte, was nicht an Carmelas Körper lag, der die Vollkommenheit eines Tieres besaß, sondern an den Stoffen und Größen, die dem Geheimnis ihrer Schönheit nicht gerecht wurden. Bei seinen Blitzüberfällen hatte Totò, die Pistole in der Hand, in aller Seelenruhe aussortiert und das ausgesucht, was seinen Vorstellungen haargenau entsprach.

Für alle sichtbar, zog sich Carmela bei geöffnetem Balkonfenster aus, weil sie wusste, dass niemand sie stören würde, immerhin war die bevorstehende Hochzeit ein öffentliches Ereignis, und so zeigte sie sich ungeniert in Unterhosen und Büstenhalter in einer freizügigen, barfüßigen Modenschau, bis Totò ihr auch ein Paar Schuhe besorgte. Weil sie die selbst aussuchen wollte, war sie mit Totò losgezogen, um sich inmitten geschäftig vorbeihastender Passanten glücklich untergehakt in den Schaufenstern zu spiegeln, im Licht der strahlenden Stadt mit den von Beeten gesäumten Läden, den freundlichen Verkäufern, der schmeichelnden Bewunderung für ihre fohlenschlanken Fesseln, und sie probierte Paar um Paar, satt von den Bonbons, die man ihr auf einem Tablett kredenzte. Dann verließen sie das Geschäft und beteuerten, über den Kauf nachzudenken, sobald das Kleid gewählt sei, und traten, überschüttet von guten Wünschen für die bevorstehende Hochzeit, auf die Straße hinaus.

Über die Erregtheit ob Carmelas ungeniertem Körper hatten die Diener der Schutzheiligen bei der Festvorbereitung jeglichen Überblick verloren, vor beklommener Planlosigkeit wussten sie nicht mehr, welche Pole zusammengehörten und wohin sie das Spinnennetz aus Lichtern führen sollten, das sich über das Reich der Patronin spannte. Schließlich rief die Heilige selbst sie zur Ordnung, denn plötzlich spürten sie den Luftzug von Totò dem Räuber, der in Richtung Kirche über den Platz stob. Weil sie Totòs Vergeltung mit der Pistole im Strumpf mehr fürchteten als den postumen Zorn der gekränkten Schutzheiligen, rissen sie ihre Blicke von Carmelas Balkon los und machten sich mit wiedererwachtem Verstand daran, die Lichterkabel für das irdische Jubelfest der Heiligen zu verbinden, wohl wissend, dass Carmelas himmlisches Paradies für immer verloren war.

Totò wollte zum Pfarrer, um letzte bürokratische Hindernisse für die Trauung aus dem Weg zu räumen. Dass die Trauung zum Fest der Schutzpatronin stattfand, bedeutete einen doppelten Segen, den göttlichen und den menschlichen, denn schließlich würde das gesamte Viertel mitbekommen, dass Totò an diesem Feiertag eine Nutte heiratete. Der Schild der Heiligen würde sie vor übler Nachrede schützen.

In der Kirche sagte man ihm, der Pfarrer sei losgegangen, um Mimmos Pferd Nanà zu segnen, das stellvertretend für die Tierwelt die Insignien der Schutzheiligen tragen und die Prozession anführen sollte. Totò fand den Priester im Stall, wo er dem Pferd mit Taufstola, Weihwasserbecken und Aspergill die Weihe erteilte, um ihm das gleiche Schicksal wie den Christenmenschen zu gewähren, und Mimmo streichelte Nanà begütigend die Schnauze. Cristofaro und Celeste standen Pate, denn bei einer Tiertaufe sind Kinder genug.

Der Pfarrer erklärte Totò den Ablauf der Trauung und wie er das heilige Doppelfest zelebrieren würde. Er würde die Eheschließung erst am Ende der Prozession vollziehen und wollte die zukünftigen Brautleute an seiner Seite, damit jedermann sähe, dass die Kirche die einzige Rettung sei. Doch als Totò ihm die Namen der Trauzeugen und Paten nannte, wurde ihm klar, dass es keine Rettung geben würde.

Im Beichtstuhl hatte er die Bruchstücke aus Wahrheit, Hass, Liebe und Eifersucht zusammengefügt, dazu Namen und Spitznamen; sämtliche Darsteller standen auf der Bühne, und am Tag der Schutzheiligen und der Hochzeit würde alles ein Ganzes ergeben. Während er die Evangelien zitierte, die zu Besonnenheit und Vorsicht mahnten, gab der Pfarrer Totò zu verstehen, er solle sich seine Trauzeugen lieber außerhalb der üblichen Räuberclique suchen, er könne ihm welche vorschlagen, gottgefällige Leute aus dem Viertel, Arbeiter. Doch Totò entgegnete, die Betreffenden wüssten bereits Bescheid, er habe sich die Entscheidung nicht leicht gemacht, schließlich galt es den Unmut derjenigen zu parieren, die sich übergangen fühlten, und die enttäuschten Freunde mit zukünftigen Aufgaben zu trösten, sogar Taufpaten habe er schon benannt. Der Pfarrer breitete die Arme aus und wusste nichts weiter zu sagen.

Totò der Räuber streichelte Celeste, die wie eine Tochter für ihn war, und Cristofaro, der so gern sein Sohn gewesen wäre, verabschiedete sich von Mimmo, blickte Nanà in die mitleidsvollen Augen und wurde zum ersten Mal gewahr, dass das Pferd sprechen konnte.

Verstimmt über die Zweifel des Pfarrers wegen der Trauzeugen, die seine engsten Freunde waren, kehrte er zu Carmela zurück und fragte sich nach dem Warum und ob es außer der obligaten säuerlichen Priestermiene noch einen anderen Grund dafür gab. Doch er fand keinen. Er musste noch Schuhe für Carmela stehlen und durfte keine Zeit verlieren.

Wieder sahen die Diener der Schutzheiligen ihn unter dem nunmehr vollendeten Himmel bunt blinkender Festlämpchen vorbeieilen und folgten dann dem Kurs von Cristofaros Vater, der ihm mit dem Bierkasten auf dem Buckel entgegenkam. Von der Leiter aus beobachteten sie die Begegnung, denn Totò steuerte geradewegs auf Cristofaros Vater zu, baute sich vor ihm auf und zwang ihn, den sperrigen Kasten abzustellen. Manch einer, der aus schlichter Neugier an arbeitenden Menschen zu den Dienern hinaufgegafft hatte, begriff nicht, warum sie jetzt innehielten, und folgte ratlos ihren Blicken zu Totò, der mit Cristofaros Vater sprach, und obwohl sich alle fragten, was es mit diesem Treffen auf sich hatte, wusste jeder Bescheid: Damit hatte man schon lange gerechnet.

Sie stellten sich Totòs drohenden Tonfall und das Schweigen von Cristofaros Vater vor, der zuhörte und dabei die knöchelharten Fäuste ballte, und jeder malte sich den Wortwechsel aus, den niemand zu hören vermochte. Manche rechneten mit dem Schlimmsten und waren überzeugt, Totò rückte sofort mit dem blutigen Versprechen heraus, ihm eine Kugel in den Kopf zu jagen, sollte er Cristofaro noch einmal schlagen, andere hielten Totò für diplomatischer, berücksichtigten seinen zukünftigen Familienstand und legten ihm kluge Andeutungen und Metaphern in den Mund, die seine Drohung nur verstärkten. Wieder andere vermuteten beides und mussten nicht lange überlegen, denn Bullen kann man übers Ohr hauen, aber uns nicht, wir sehen alles und wissen Bescheid, und nun bleibt uns nicht einmal die abendliche Stille, um die Sirenen der auslaufenden Schiffe zu hören, die in Cristofaros verzweifeltem Röcheln untergehen. Doch alle waren sich einig, dass der Vater eine Antwort schuldig bleiben würde, weil er ein Feigling war, der seinen Sohn zu Tode prügelte.

Die Woche verstrich, und Cristofaros Vater schlug seinen Sohn kein einziges Mal. Jeden Abend horchte das Viertel in sich hinein, ob Totòs heimliche Worte wohl ihre Wirkung taten. Die Stille bewies seinen Einfluss, und morgens in der Bar begrüßten sie ihn wie einen wichtigen Mann und stellten ihm sogar das Frühstücksgebäck »für die Gattin« zur Seite, denn inzwischen stand das Hochzeitsdatum fest.

Am Dienstagnachmittag wagten Totò und Carmela einen Verlobungsspaziergang, um Arm in Arm den Lichterhimmel über dem Platz zu bewundern und den Vorbereitungen für das Patronatsfest zuzuschauen, das auch ihr Jubelfest sein würde, und niemand ging ihnen aus dem Weg, niemand bekreuzigte sich, sondern man empfing sie mit offenen Armen, bot ihnen die Süßigkeiten der Heiligen an, ließ sie im Kreis der alten Frauen sitzen, die Carmela bräutliche Zurückhaltung empfahlen und sie mit großmütterlichen Ratschlägen bedachten, wie man für seinen Mann kochte und wie man einweckte, um nichts zu vergeuden.

Die Männer standen daneben. Sie hatten Carmela nur in der himmlischen Ekstase hinter den geschlossenen Fensterläden kennengelernt und sahen sie nun so wunderschön in ihrer schlichten Weiblichkeit und dem befangenen Schweigen, wie sie sie noch nie gesehen hatten, noch nie hatten sie ihr in die Augen geblickt, noch nie hatten sie ihr Profil im strahlenden Nachmittagslicht betrachtet. Dieser Anblick zauberte ein Lächeln auf ihre Gesichter, weil sie des Wunders der Mantel-Madonna teilhaftig wurden, die zur Frau geworden, aus ihrem Rahmen gestiegen und aus dem Paradies im ersten Stock auf die Straße getreten war.

Cristofaro war nach Hause gegangen und hatte sich wie üblich mit klopfendem Herzen durch den Flur geschlichen. Sein Vater saß reglos auf dem Sofa vor dem Fernseher. Es war unmöglich, seinen Gesichtsausdruck zu erkennen und die tödliche Verzweiflung an der Schwärze seiner Augen abzulesen. In banger Furcht huschte er in die Küche, wo seine Mutter ihm ebenfalls den Rücken zuwandte und das Abendessen vorbereitete. Nur die Geräusche des Topfes und des Wassers waren zu hören, die Stimmen aus dem Fernseher und draußen die unnatürliche Stille des Abends, der sich auf das Viertel senkte.

Zum ersten Mal wagte er so laut und deutlich zu fragen, dass auch der Vater ihn hörte, ob er mit seinen Freunden losziehen dürfe. Wo er hinwolle, fragte die Mutter nur, ohne sich umzudrehen. Zum Wellenbrecher, antwortete Cristofaro, um das Meer bei Nacht zu sehen. Als keine Antwort kam, nahm Cristofaro das als Erlaubnis.

Seit Cristofaros abendliches Jaulen unter den Schlägen des Vaters verklungen war, traute sich der Borgo Vecchio nach Sonnenuntergang wieder hinaus und eroberte die Straßen und Gassen zurück, die das Röcheln des Jungen jahrelang hatte erstarren lassen. Niemand ertrug die in seinen Schmerzensschreien gefangenen Qualen, und so war man lieber daheim geblieben und hatte den Fernseher plärren lassen, um das Heulen zu übertönen.

Die Ersten, die sich vor die Tür wagten, staunten, wie sauber das Viertel war, weil die Märkte in der Woche der Schutzpatronin pausierten und die Festbeleuchtung die Häuser in ein neues, nie gesehenes Licht setzten, und obwohl sie die gleichen Runden drehten wie bei Tag, hatten sie das Gefühl, woanders zu sein, in einem anderen Viertel, in einer anderen Stadt. Sie selbst fühlten sich anders und flanierten in der Vorstellung durch die Straßen, eine andere Geschichte und eine andere Zukunft zu haben.

Sie machten bei ihren Freunden halt, klingelten und forderten sie auf, mit ihnen in die Bar zu gehen. Die Freunde kamen herunter und traten vorsichtig aus der Haustür, als fürchteten sie, von Cristofaros Heulen überrollt zu werden. Stattdessen herrschte eine so andächtig staunende Stille, dass man den Atem des Meeres vernahm, und sie folgten ihm und entdeckten die uralten, längst vergessenen Durchgänge wieder, die zur Küste führten. Auch Cristofaro und Mimmo waren auf dem Weg zum Meer und trauten sich, bei Celeste zu klingeln und sie zum Mitkommen zu überreden. Sogleich brach in Carmelas Wohnung die übliche geschäftige Hektik los, das Mädchen sprang vom Tisch auf und wollte wie gewohnt auf den Balkon verschwinden, und Carmela rechnete mit einem Freier zu Feierabend und glaubte, sich umziehen zu müssen. Totò stand auf, um an die Tür zu gehen und unmissverständlich klarzustellen, dass dies nun eine Familie sei, und sagte dann zu Celeste, sie dürfe ruhig mit ihren Freunden losziehen.

Den ganzen Abend saßen sie auf einem Felsen des Wellenbrechers, vor ihnen nichts als die Schwärze des Meeres. In der Ferne, wo sie den Horizont wähnten, funkelten die Lichter einer Stadt, doch in Wirklichkeit war es das Flackern der Nacht, die zuckenden Blitze ferner Gewitter. Schweigend stellte sich jeder von ihnen die gleiche Reise vor, eine Seereise zu dritt, und Mimmo fügte seinem Traum auch Nanà samt sperrigem Gepäck hinzu; sie konnten den Hafen schon sehen. Sie überlegten, was sie zum Überleben brauchten und was Nanà als friedliches Droschkenpferd wohl aushielte. Doch nur Celeste kannte die politischen Landkarten, die sie des Nachmittags auf dem Balkon im Schulbuch studiert hatte, sie wusste, dass Küstenstädte für den, der dort landet, nur Unglück und Elend bereithalten, weil Heimweh stärker als Fernweh ist, und dass sie einen Zug würden nehmen müssen, um ins Inland zu gelangen und die Wehmut vollends zu bannen. Während sie ihren Träumen nachhingen, berührten sich Mimmo und Celeste und nahmen sich bei der Hand. Lang saßen sie da und betrachteten ihren Traum in der Schwärze des Meeres, bis sie beschlossen, heimzugehen. Sie lösten ihre Hände, damit sich Cristofaro nicht noch einsamer fühlte und die Zärtlichkeit ihren Zauber behielt.

Dann kam der Sonntagmorgen. Man hatte die Statue der Heiligen aus der Kirche getragen, um ihr den herausgeputzten Platz zu präsentieren, die trotz der Sonne leuchtenden Lichterketten, den Gassenschmuck, den Festtagsstaat der Leute, die Sonntagskleider der Kinder, den Zimtduft der Süßigkeiten. Beim Anblick der Welt schien die Patronin zu erstarren, denn sie hatte so einiges gesehen.

Mit Totò dem Räuber und Carmela an der Seite, die

bereit zur Trauung waren, schlug der Pfarrer mit beweihräuchernden Gesten das Kreuz über der Prozession. Die Trauzeugen warteten schon auf dem Platz, um sie zum Gottesdienst am Ende des Jubelfestes in die Kirche zu begleiten.

Da kamen sie. Der Verräter war als Erster bei ihnen. Die Schatulle mit den Trauringen in der Hand, trat er auf Totò zu, um sie ihm zu zeigen. Er nahm einen Ring heraus und hielt ihn an Carmelas Ohrschmuck, damit Totò sah, wie gut beides in Form und Farbe zueinander passte. Dann umarmte und küsste er ihn. Er war derjenige gewesen, der sich bei der Bekanntgabe der Hochzeit zurückgezogen hatte, nicht hatte anstoßen wollen und abseits geblieben war. Totò glaubte, der Freund hätte seine Meinung geändert, doch kaum trat dieser einen Schritt zurück, sah er die üblichen Bullen mit gezückten Waffen aus den Gassen drängen und begriff, dass sie seinetwegen gekommen waren.

Trotz seines hinderlichen Leinenjacketts spurtete Totò los. Die flatternde Krawatte verdeckte ihm die Sicht und ließ ihn über eine Kiste mit Äpfeln stolpern, die panisch in seine Richtung kullerten. In Zickzacksprüngen versuchte er, den Hindernissen auszuweichen, und schlitterte über den Asphalt des Marktplatzes, weil ihm die glatten Sohlen seiner glänzenden Lederschuhe keine Bodenhaftung boten. Je mehr Tempo er zulegte, desto wackeliger und unsicherer wurde sein Lauf, und um vor Ungestüm das Gleichgewicht nicht zu verlieren, ruderte er mit den Armen und flatterte in seinen windgeblähten weißen Hosen wie ein Insekt über den Platz. Totò vernahm das gebrüllte Halt und den obligatorischen Schuss in die Luft und wusste, wie viele Sekunden ihm jetzt noch blieben, die er auf seinen routinierten Fluchten zu zählen und auf die Zahl der Schritte zu übertragen gelernt hatte. Um dem Treffer zu entgehen, wollte er in die Gasse schlüpfen, doch die glatten Sohlen nahmen ihm den rechten Schwung, und der Richtungswechsel geriet zu einem ungelenken Annäherungsmanöver.

Carmela und Celeste sahen zu und halfen in Gedanken mit aller Kraft nach, doch schon bald erschöpfte sich Celestes Anstrengung in einem Grinsen, denn Totòs Bewegungen sahen so lustig aus, und dann nieste auch noch die für die Schutzheilige herausgeputzte Nanà, die den Warnschuss mit der Startpistole auf der Rennbahn verwechselt hatte: In panischer Angst vor einem neuen Wettlauf warf sie den Kopf zur Seite und stieg mitsamt Mimmo, der ihren Hals umschlungen hielt, und Cristofaro, der herbeigelaufen war, um ihr beruhigend übers Maul zu streicheln, auf die Hinterläufe.

Mit Ach und Krach bekam Totò die Hausecke zu fassen und konnte sich gerade noch beidhändig in die Gasse ziehen, als der Schuss ertönte und die Kugel das jahrhundertealte Mauerwerk über seinem Kopf zersprengte, sich durch die kalkigen Sedimente der Geschichte bis zum geologischen Ursprung des Tuffsteins bohrte und auf das Fossil einer ausgestorbenen Muschel traf, die so unverwüstlich war, dass das Projektil in noch fernere Epochen abglitt und schließlich ohne weitere Entdeckungen in der leeren, chaosgeborenen Tiefe stecken blieb.

Totò, der sich im Spinnennetz der Gassen bereits einen sicheren Fluchtweg zurechtgelegt hatte, wähnte sich in Sicherheit und wollte geschmeidig davonfedern. Doch als er aufblickte, stand er zwei Bullen mit gezückten Waffen gegenüber, so unverhofft und nah, dass er die Abgeklärtheit in ihren Gesichtern sehen konnte und eine leise Angst, die um ihre Mundwinkel spielte. Er blieb stehen, von der Gewissheit des Verrats wie von einem gleißenden Blitz getroffen, der das Wann und Wie erhellte: Wie sie vor Stunden bereits das Viertel in Beschlag genommen, sich unter den Trubel des Patronatsfestes gemischt, sich der verräterischen Uniformen und selbst des leisesten Geruchs entledigt hatten, um den feinen Nasen der tierischen Wachtposten zu entgehen, sogar das Atmen hatten sie eingestellt, um den Ausgang der Jagd nicht zu gefährden; wie sie die Stadtpläne am Reißbrett studiert und dann nächtliche Späher ausgesandt hatten, die feststellen sollten, ob die wankelmütige Geografie des Viertels mit ihren Karten übereinstimmte, und im Morgengrauen ganze Familien aus den ersten Stockwerken geholt hatten, um dort für ein besseres Sichtfeld zu sorgen.

In dem Augenblick offenbarte sich Totò das Mysterium des Verrats, denn sie hätten ihn dennoch niemals umzingeln können, hätte nicht jemand im Polizeipräsidium Schulter an Schulter neben ihnen gesessen, ihre angebotenen Zigaretten geraucht, sie mit dem Finger in das innerste Geheimnis der Stadtpläne geführt, ihnen die Fluchtwege gezeigt, die selbst die Bewohner des Viertels nicht kannten, und mit einem Rotstift die unscheinbaren Durchlässe zwischen einer Gasse und der nächsten umkringelt, die sich mit Geheimschlüsseln öffnen ließen, um die Jäger in die Irre zu führen, und dazu die hermetischen Schutzgitter vor vermeintlichen Lagerschuppen, die nur dazu dienten, auf die Galerien und Simse zu klettern und die vertikale Flucht über Dächer und Altane anzutreten, wenn ein horizontales Entkommen unmöglich war.

Augenblicklich erkannte Totò den Verräter und nannte ihn beim Namen. Er stand ihm so brüderlich nah, dass ihm der Schmerz brennend in den Magen fuhr, die Kehle emporschoss und sich zischend über die Lippen drängte: Judas.

Die beiden Bullen, die versuchten, ihn mit der Waffe in Schach zu halten, und nicht wussten, wen von ihnen er meinte, blickten einander verdutzt an, suchten in der

Miene des anderen nach einem Hinweis auf Komplizenschaft oder Niedertracht und lasen darin nur Verstörtheit darüber, Totò noch immer nicht ergriffen zu haben, der zwischen ihnen hin- und hersprang, um keine Zielscheibe abzugeben, denn die Sorge, den Kollegen zu treffen, hinderte sie am Schießen, und so blieb ihnen nichts anderes übrig, als in seinen primitiven Tanz mit einzufallen, um ein freies Schussfeld zu bekommen.

Darauf hatte Totò es abgesehen. Damit er seine Flucht fortsetzen konnte, lockte er sie tänzelnd bis zur Gassenmündung und spurtete urplötzlich auf den weiten Platz, um es den versammelten Polizisten zu zeigen, die auf das finale Krachen der Pistole lauschten, das der Jagd ein Ende machen sollte. So hatten sie sich ihre Falle ausgemalt und trauten ihren Augen nicht, als statt des Knalls Totò trotz seiner glatten Sohlen aus der Gasse preschte und sie zwang, ihn abermals beidhändig aufs Korn zu nehmen und mit der Mündung des Pistolenlaufs zu verfolgen, ohne den Abzug zu drücken, weil sich ständig jemand oder etwas in das Sichtfeld schob.

Nicht die Sorge, unbeteiligte Menschen zu treffen, hielt sie zurück – denn niemand ist unschuldig –, sondern die Angst, sie könnten ihr Ziel verfehlen. Sie wollten dem Roman von Totò dem Unfassbaren, der den zu einem Standfoto des Entsetzens erstarrten Platz überquerte, kein weiteres Kapitel hinzufügen. Alle hatten den Geruch des Todes wahrgenommen und waren wie gelähmt, selbst der Rauch der Feuer aus dem Holz der Obstkisten, über denen Makrelen gebraten wurden, stand wie dichter, waldiger Morgennebel in der Luft, das tropfende Eis der Kinder verharrte schaudernd an der Waffel, die Verkäufer der Festtagssüßigkeiten und ihre Käufer, die sich über den Preis nicht einig wurden, hielten mitten im Feilschen inne und gafften mit offenem Mund, die Ware halb in den Händen, Nanà blieb mit verrutschtem Festtagsputz auf den Hinterläufen stehen, der an ihren Hals geklammerte Mimmo schloss die Augen, weil er nichts mehr sehen wollte, und Cristofaro hatte seinen Vater erspäht, einen Bierkasten auf dem Buckel und ein Versprechen in den Augen.

Diejenigen, die nicht auf die Straße gekommen waren, um die Schutzheilige vom Fenster aus zu bewundern, deuteten starr mit dem Finger auf den fliehenden Totò und wurden den mitleidigen Gedanken nicht los, dass er genau wie sein Vater war. In der allgemeinen Reglosigkeit drehte Totò sich um und sah Carmela, die verzweifelt die Hand nach ihm ausstreckte, um ihn in der Verheißung der Mantel-Madonna zu halten, die ihr die Hochzeit versprochen hatte, er sah die verblüffte Celeste, die sich abermals als vaterlose Waise fühlte, er sah die Mutlosigkeit in Cristofaros Augen, weil niemand seinen Vater bändigen würde, er sah die Entschlossenheit der Polizisten, die ein für alle Mal reinen Tisch machen wollten und, ohne zu zögern, in die Menge schießen würden, er sah die Statue der in Trauer gewandeten Schutzheiligen mit dem zur allerletzten allgemeinen Ölung starr erhobenen Arm und erkannte in sämtlichen Blicken die uralte und ewigliche Ergebenheit in den gesetzlich vollstreckten Tod, dazu die flackernde Erschöpfung in den Augen des Pfarrers, der an die Mühsal einer Beerdigung anstelle einer Hochzeit dachte, als wären die kräftezehrenden Vorbereitungen des Jubelfestes zu Ehren der Heiligen nicht schon genug. Und dann bemerkte er seinen Freund den Verräter: Mit zusammengebissenen Zähnen, den Blick voller Hass und Genugtuung, ihn zum letzten Mal zu sehen, stand er hinter dem Polizisten, der auf ihn zielte, und formte die Lippen zu einem »Schieß!«. Und der Bulle schoss.

Die Kugel folgte Totò quer über den Platz, wich den sinnlosen Opfern aus und umging jedes Ziel und Hindernis. Totò spürte sie so dicht hinter sich, dass er ihr Zischen hören konnte, und drückte sich an die Mauer, um sie vorbeizulassen. In ihrer rasenden Wut bemerkte sie Totòs geschicktes Manöver nicht und verlor ihn aus dem Visier. Angetrieben von dem Frust des Projektils, das sein Ziel verfehlt, gab sie die Suche jedoch nicht auf und schoss über ihre Flugbahn hinaus.

Wie ein Schweißhund folgte sie seiner Spur, nahm seinen Geruch auf dem Pausenhof der Schule wahr, vor deren Tür er sich jahrelang allmorgendlich herumgedrückt hatte, ohne hineinzugehen, sie suchte ihn in den salzzerfressenen Mauernischen, in denen Totò seinen ersten Opfern aufgelauert hatte, und flog weiter bis zum Wassersaum des Wellenbrechers, zu dem Totò als Kind gekommen war, um in der Maiendämmerung vor Einsamkeit zu weinen, und ihre Witterung war so fein, dass sie den Geruch der alten Tränen wahrnahm.

Sie flog über das Wasser, überquerte die Bucht und traf bei den Anlegebrücken wieder auf Land, wo die abfahrbereiten Fähren ihre Laderäume mit den Autos der Flüchtigen füllten, und kontrollierte, ob Totò sich vielleicht unter sie gemischt hatte.

In Wirklichkeit war Totò der Falle der Gassen entkommen, deren Geheimnis preisgegeben war, und rannte die großen, offenen Straßen entlang, weil er glaubte, die Polizei hätte sie bei ihrer Strategie nicht bedacht. Tatsächlich waren nur die ansässigen Krämer und zweitklassigen Straßenhändler noch dort, denen auf dem Platz nicht das winzigste Fleckchen mit Blick auf die Schutzheilige vergönnt war. Sie sahen Totò in seinem gewohnten Dauerlauf, spürten den Hauch der bewegten Luft und hielten ihn für einen weißen Engel, der sich selbst am heiligen Festtag keine Pause gönnte.

Totò rannte und ließ jeden Gedanken in seinem

Windschatten zurück, selbst die blindwütige Rache war zurückgefallen und der Ahnung gewichen, dass die Tage kürzer wurden und das Licht rasch hinter den Häusern verschwinden würde. Totò roch den Herbst.

Er rannte und überlegte, ob er anhalten und die Pistole aus dem Strumpf ziehen oder auf die nutzlose Waffe verzichten sollte, um keine wertvollen Fluchtsekunden zu verlieren, die er in Meter übertrug, in Gassenlänge, von hier bis dort, während er die Entfernung mit der Erinnerung an jeden Laden und sämtliche Bewohner, mit den Zeichen an den Wänden und den Löchern in den Gehsteigen füllte. Er beschloss, dass es kein Entkommen gäbe, ob mit oder ohne Pistole in der Hand, denn er hatte keinen Spielraum mehr, um das krumme Holz seines Schicksals zu begradigen. Und er rannte weiter.

Die Kugel nahm wieder Kurs auf das festtägliche Viertel, weil sie wusste, dass sich Totò keine anderen Horizonte boten, sie suchte ihn vor der Bierkneipe, die jedoch aus Respekt vor der Schutzheiligen geschlossen war, und strich in boshafter Getriebenheit mehrmals daran vorbei, aus Argwohn, die Rollläden könnten nur zum Schein herabgelassen sein.

Mit polizeilichem Kalkül kontrollierte sie die Hauseingänge der Hehler und Komplizen, die im Leben niemanden verpfeifen würden, doch auch die waren auf den Platz gezogen, um Abbitte zu leisten und ihren

Obolus an die Heilige zu entrichten. Sie taxierte jedes Gesicht entlang der Grenze des Viertels, fremde Menschen aus den Vororten, gelöst in ihrem Glauben und von den dortigen Nöten befreit, sie spähte in die Augen der Passanten und entdeckte einen Rest Überraschung darin, denn soeben war der junge Kerl in weißem Leinen wie der Wind an ihnen vorbeigerannt, offenbar kam er zu spät zu seiner Hochzeit und war bestimmt schon ganz nervös wegen seiner wartenden Braut und der Leute, die verstohlen auf ihre Uhren linsten und einander ein einvernehmliches Lächeln zuwarfen. Die Kugel, die es gewohnt war, für Verblüffung zu sorgen, nutzte den nächsten Trägheitsmoment und schoss den Gehsteig entlang. Dort war er, Totò der Räuber, nur wenige Meter entfernt, schon jetzt sah er aus wie ein weißes Gespenst, getragen von der leisen Brise, die in der Müdigkeit des Abends erstarb.

Totò der Räuber stürzte, er begriff nicht, dass er getroffen worden war, doch er schämte sich schon jetzt für die Lüge der Spielzeugpistole, die man in seinem Strumpfhalfter entdecken würde. Er hatte noch nie eine echte besessen. Sein letzter Gedanke war voller Zärtlichkeit für sich und für seinen Vater, denn als er die Augen schloss, sah er das blinkende Kreuz der Apotheke, vor der sie ihn vor langer Zeit ermordet hatten. Die Kugel trat ein, trat wieder aus und verendete klimpernd neben ihm auf dem Gehsteig. Doch ehe die

Grausamkeit ihres Fluges für immer verlosch, entdeckte sie zwischen den herbeieilenden Menschen den Geist von Totòs ermordetem Vater, der mit der Unverwüstlichkeit der Toten dreiundzwanzig Jahre lang an der Apothekenecke auf seinen Sohn gewartet hatte.

## Totòs Messer

Sie durfte den Leichnam nicht sehen. Carmela hatte Totòs Tod nicht mitbekommen. Noch immer wähnte sie ihn in vollem, schlitterndem Lauf, sah ihn mit ausgreifenden, weiß behosten Schritten jenseits der Grenze des Viertels, auf anderen Straßen, um die Entfernungen der Welt zu vermessen, mit einem Satz das weite Meer zu überwinden und zu ihr zurückzukehren. Carmela war verwirrt, sie wollte in die Kirche gehen und heiraten, Totò wartet auf mich, sagte sie, ich will nicht zu spät kommen.

Ihr graute vor der drängenden Zeit, den wartenden Freunden, dem Empfang in der Taverne, den Schuhen, die drückten, weil Totò in der Eile die falsche Größe erwischt hatte. Doch der Pfarrer brachte sie nach Hause. Celeste in ihrem Brautjungfernkleid und mit einem Strauß Sommerjasmin in den Händen folgte ihnen.

Sie überquerten den Platz, die große Straße. Das schweigende Viertel machte Platz und trat zur Seite, um sie durchzulassen. An den Pfarrer geklammert, schleppte sich Carmela voran, blieb mit Seitenstechen stehen, stolperte, das Kleid ist schuld, sagte sie, die Schuhe, die Absätze, die im sonnenweichen Asphalt versanken.

Manche bekreuzigten sich, als wäre dies ein verfrühter Trauerzug in Abwesenheit des Toten, denn Totòs Leichnam war in einen hölzernen Sarg gelegt und mit einem Lieferwagen zur Autopsie in die Gerichtsmedizin gebracht worden. Man stand beisammen und fragte sich, welchen Sinn es haben sollte, ihn aufzuschneiden, nur um zu dem immer gleichen Schluss zu kommen: Die Hand des Gesetzes hatte ihn umgebracht, ihn und alle anderen.

Totòs Tavernenfreunde traten Carmela in den Weg, um sie zur Beileidsbekundung auf beide Wangen zu küssen, doch sie lächelte und bedankte sich, weil sie glaubte, sie wollten ihr zur Hochzeit gratulieren. Sie konnte sich an nichts erinnern und befühlte suchend ihren Ringfinger. Doch da war kein Ring, und sie blickte zu Boden, ob er vielleicht hinuntergefallen war, und wollte umkehren und nach ihm suchen und fragen, ob ihn jemand gesehen hatte.

Der Pfarrer schob sie weiter nach Hause. Die Freunde küssten auch Celeste und spürten das Mädchen unter dem Festtagskleid, den kleinen Busen, nahmen die schmalen Fesseln wahr, ganz wie die der Mutter, die dichten, in kindlicher Traurigkeit gezeichneten Brauen, den erstaunten Blick, der die Blicke der anderen plötzlich verstand. Bald wäre Celeste gewinnträchtiges Frischfleisch, überlegten die Freunde und raunten einander einen einzigen, todsicheren Namen zu, denn sie konnten sich die Wahrheit ausrechnen, ohne sie zu verstehen. Es ging nicht mehr um Liebe und Verrat: Es war nur eine Frage des Geldes.

Sie versprachen, dass sie den Steinmetz und den Marmor aus eigener Tasche bezahlen würden, um eine Gedenktafel für Totò anzubringen, genau dort, neben der Taverne, ermordet durch die feige Hand eines Polizisten, und ließen Mutter und Tochter nach Hause zurückkehren, weil sie allein sein mussten, um sich über ihre Gedanken auszutauschen.

Den ganzen Nachmittag saß Carmela da und starrte in das Licht des Tages, der zum Abend wurde, ein vorzeitiger Herbstgeruch lag in der Luft, und die Brise bewegte die himmelblauen Vorhänge wie eine Zeichensprache. Sie starrte auf die wehenden Stoffbahnen, die sich verfingen und wieder lösten, ein Tanz, so akkurat und zart, dass die Botschaft der Mantel-Madonna eindeutig daraus abzulesen war. Halluzinierend erkannte sie, dass es für sie, die unverheiratete Witwe, keine Rettung geben würde, sondern einzig für ihre Tochter, nur das konnte die Madonna im Rahmen ihr gewähren. Durch den Wind und die Vorhänge machte sie ihr den

Schmerz offenbar, denn Totò würde nie mehr zurückkehren, nie mehr würden sie zusammen Cristofaros vielsagender Stille und der Sirene der auslaufenden Schiffe lauschen; nie mehr wäre da das Traumbild des besternten Himmels an der Zimmerdecke; nie mehr seine Hände, sein kindlicher Schlaf und das weiße Kleid; nie mehr seine Versprechen. Als es klingelte, rührten sich auch die Vorhänge nicht mehr, denn selbst der Wind hielt den Atem an. Carmela wusste sofort, wer vor der Tür stand.

Der Verräter trat weder als Freund noch als Freier ein, er hatte einen Besitzerblick und verzehrte sich nicht mehr vor Liebe nach ihr. Er hielt Carmela einen zierreichen Vortrag, denn bei allem Respekt: Totò hatte es übertrieben. Er sei wegen der noblen Ohrringe erschossen worden, eröffnete der Verräter ihr, die unverzüglich zurückgegeben werden müssten, andernfalls könnte es durchaus sein, dass die Polizisten in ihrer Wohnung auftauchten, alles durchwühlten und so lange suchten, bis sie fündig würden. Carmela müsse zugeben, dass kein Bulle einen Fuß dort hineinsetzen dürfe, wo sie in der Gnade Gottes und der Mantel-Madonna ihr tägliches Brot verdiene und dies auch weiterhin tun und sich um nichts weiter sorgen solle, denn jetzt sei er ja da, um sie zu beschützen, mit der Mühe und der Sorgfalt des geschuldeten Danks und der brüderlichen Freundschaft. Er werde sich um alles kümmern, denn er habe die Bullen im Griff, er werde mit den richtigen Leuten sprechen und die Ohrringe zurückgeben, damit sie keine weiteren Überraschungen erlebten. Sie würden das Geschäft ordentlich ankurbeln, da sei noch viel mehr drin, Totò habe, bei allem Respekt, keinen Riecher fürs Geschäft gehabt und sich nur auf Raub verstanden, er habe nicht begriffen, wie unvergleichlich Carmelas Schönheit sei, und hatte sie sogar heiraten und die anderen – die ganze Welt – um ihr Glück bringen wollen. Er hingegen werde sie wie eine Reliquie behandeln und öffentlich ausstellen, weil es ungerecht sei, die Welt ihrer fleischlichen Ekstase zu berauben. Und als er den Blick über das schweifen ließ, was er nun endlich für sein Eigen hielt, geriet auch Celeste in seinen wahnhaften Sog, und er erklärte sie zur Tochter und taxierte sie prüfend. Carmela begriff, dass das Blutvergießen gerade erst begonnen hatte.

Cristofaro hatte es eilig, denn der Abend war über ihn hereingebrochen, ganz unversehens und hoffnungslos. Aufgewühlt von dem Blut, das noch auf dem Gehsteig vor der Apotheke klebte, und von herbstlicher Hast getrieben, hatte der Sonnenuntergang keinen Raum für Mitleid gelassen. Auch der Abend hatte es eilig, zur Nacht zu werden und seine Trauerrunde abzuschließen, weil nach Totòs Tod niemand an etwas anderes denken konnte.

Als Cristofaro die Wohnungstür öffnete, trug die Mutter gerade den Korb mit Wäsche zum Aufhängen. Mit der leisen Wehmut nach lang verlorenen Dingen blickte sie ihn an, als wäre er bereits tot. Damit niemand etwas mitbekam, fing sie an, auf dem Balkon zur Unzeit vulgäre Lieder zu krakeelen, die jedes Geräusch und jeden anderen Laut erstickten. Cristofaro begriff, dass die Mutter sein winselndes Krepieren übertönen wollte, das Röcheln eines totgeprügelten Hundes. Und er war einverstanden, denn diesmal würde er weder weinen noch Widerstand leisten. Sein Vater stand am Ende des Flurs und erwartete ihn, ein diffuser Schemen vor der feurig im Meer ertrinkenden Sonne, deren Abschiedsstrahlen die Wohnung erfüllten. Sein Vater rührte sich, und auch er ging auf ihn zu. Cristofaro dachte an seine Fußballschuhe, daran, wie gut er war und wie sie wohl ohne ihn als Stürmer auskommen würden. Er dachte an den Duft des Brotes, an das Morgenlicht im Mai und an die Liebe, und es tat ihm leid, nur Celestes Version aus zweiter Hand zu kennen, er dachte an Totò, der flüchtend Widerstand geleistet hatte. Doch so schnell war er nicht.

Niemand im Viertel wusste von diesem Grauen zu erzählen. Es hieß nur, Cristofaro und sein Vater hätten sich, Aug in Aug, so intensiv und tausendfach im Gegenbild des anderen gespiegelt, dass sie nicht mehr wussten, wer Vater und wer Sohn war, wer zuschlug und wer litt, der eine sah aus wie die Fotografie des anderen, und es waren die einzigen gemeinsamen Fotos, weil Cristofaros Leben seit Anbeginn von blauen Flecken gezeichnet war und man ihn unmöglich verewigen konnte, nicht einmal für ein Grabbild. Die Mitschüler schnitten sein Konterfei aus dem Klassenfoto vom vergangenen Frühling aus. Im Viertel hieß es lediglich, als Cristofaro, der bereits in seinem eigenen Blut am Boden lag, das Gesicht zu einem zahnlosen Babylächeln verzog und ihm wie als Kleinkind die Arme entgegenstreckte, sei der Vater zusammengezuckt, habe mit der Faust kurz innegehalten und abermals Grauen vor diesem Kind empfunden, das die Finger bewegte, um nach ihm zu greifen, um ihn festzuhalten und nicht mehr loszulassen.

Trotz der mütterlichen Singerei erreichten die Geräusche des Blutvergießens das Viertel, und jemand rief die Polizei. Die Mutter öffnete die Tür. Der tote Cristofaro lag auf seinem Bett. Niemand konnte erklären, wie er dorthin gekommen war. Der Vater saß auf dem Sofa, sah fern und kehrte ihnen den Rücken zu.

Bis auf die Tiere, die die Höfe und Straßen des Viertels bevölkerten und sich kurz von Cristofaros Tod erzählten, war kein Laut zu hören. In ihren jeweiligen Sprachen gaben sie die Neuigkeit weiter und wussten sich keinen Reim darauf zu machen, weil der Tod des Jungen selbst ihnen zu grausam war. Es gab nichts weiter zu sagen, sein Leben war einfach zu kurz gewesen.

Nanàs Augen waren so groß, dass Mimmo sich auf ihrem spiegelnden Grund erkennen konnte. Dieser Schatten war er, der Junge, der sich von der Seite betrachtete, um den von der letzten Rauferei blau geschlagenen Kiefer zu bewundern, und die Augen zusammenkniff, um brutaler auszusehen, und auch das Kind, das seine von Tränen um den Tod des Freundes überströmten Wangen an das Pferd schmiegte. Nanà blieb standhaft, ihre Augen trugen ihn in einer schützenden Blase empor, in der sanften Umarmung eines Pferdes, das das eigene Unglück und das des Jungen beweinte.

Es sprach mit ihm, wie es noch nie mit ihm gesprochen hatte, mit der Schlichtheit der Droschkengäule und der Wahrhaftigkeit der Leidenden. Es erzählte ihm von den rosenförmigen Dornensporen, die Mimmos Vater ihm, wenn niemand hinsah, kurz vor dem Startschuss in den Anus rammte, damit es um sein Leben lief, um der Qual und der Widerwärtigkeit dieses Zirkus zu entkommen, immer schneller, immer weiter fort von seinem Leben.

Es erzählte Mimmo von der unbändigen Antriebskraft aus Angst und Schmerz, mit der es auch ohne Sporen und Gejohle die anderen Pferde um Längen schlug und die selbst der großspurige Jockey nicht zu drosseln vermochte, während er unter seiner Kappe um Hilfe flehte, damit jemand das Tier zügelte, es anhielte, es erschösse, voller Panik spürte er, wie seine Arme erlahmten und die Schenkel nachgaben, schon sah er sich durch die Fliehkraft über die versammelten Zuschauer hinwegfliegen, die seinen Sturz wie ein saftiges Extra genießen würden, über die Schwarzbauten und ihre heimlichen Bewohner, über die Dünung des gleichgültigen Meeres und die wenigen bekannten Länder bis in die Hölle der Übeltäter und Betrüger. Erst im letzten Moment stürmten sie mit Motorrädern auf die Rennbahn, nahmen die Verfolgung auf und mussten das Pferd mit akrobatischem Geschick bei Kandare und Zaumzeug packen und sich an seinen Hals hängen, damit es endlich die Hufe in den Sand stemmte und stehen blieb.

Giovanni, Saverio und die vielen anderen, die von seinem Unglück lebten, kamen jubelnd angerannt und schwenkten die Schabracke in seinen Farben, die Schals mit seinem goldenen Namen, sein Foto im Lorbeerkranz, das monatlich den Kalender seiner Siegessträhne zierte, sie warfen die Schwämme in die Luft, um für Verwirrung zu sorgen, und bedachten die Verlierer mit Grimassen und Spottgeräuschen, um die Aufmerksamkeit zu zerstreuen. Sie spürten die Niedertracht ihrer kleinen Komödie und waren dennoch zu jeder Schandtat bereit, damit niemand das vor Schmerz ausschlagende Pferd bemerkte, den weißen Schaum der Verzweiflung, den in seinem Niesen versteckten Schrei. Alle glaubten, sie umarmten es vor Freude, bedeckten es liebevoll mit der Schabracke, führten es in der traulichen Freude der Sieger. Doch von den anderen geschickt verdeckt, schlüpfte die flinke Hand seines Vaters unter die Decke, zog den Stachel aus dem Anus und versenkte ihn in einem Schwamm, wo ihn bei einer unangekündigten Prüfung nicht einmal der Argwöhnischste und Misstrauischste finden würde. Eine Kontrolle würde es nie geben: Das hier war Nanà, das Pferd des Viertels, zweihundert Rennen, und sie hatte sie alle gewonnen. Das hier war Nanà, der entkräftete Champion, der sich an den Zügeln davonzerren ließ; selbst die Wut hatte sie verlassen, denn nichts konnte sie so sehr verletzen wie die Dornenrose.

Niemand bemerkte das Blut, das als kurvige Schlangenspur von ihrem Schweif auf den Asphalt tropfte. Der Regen, der sich mit dem September in schnell dahinziehenden dunklen Flecken über dem Meer ankündigte, würde auch diesen einzigen Hinweis verschwinden lassen.

Das erzählte Nanà, und Mimmo verglich die Version des Pferdes mit seiner eigenen tief sitzenden Ahnung, die statt Worten nur die Grammatik der verstohlenen Blicke der Verwandten auf den schweigsamen Fahrten zur Rennbahn kannte, den väterlichen Tick, sich kurz vor dem Start an den Ellenbogen zu fassen, die nahezu abergläubisch abgezählten Schritte seines Vaters zum letzten Klaps auf die Flanken, den Augenaufschlag zu dem Mann mit der Startpistole und dann die zufrieden grinsenden Gesichter, wenn es daranging, den Gewinn mit angelecktem Zeigefinger aufzuteilen. Zum Beweis reimte er sich die vielsagenden Ungereimtheiten zusammen: Warum war von den anstrengenden Rennen nie ein einziger Schwamm zurückgekommen, warum hatte sein Vater nicht ein Mal versehentlich die Verblüffung der Familie über das unverhoffte Glück geteilt, sondern immer nur die Siegesgewissheit seiner Freunde? Und um die Wahrheit zu besiegeln, rief er sich die strengen Mahnungen ins Gedächtnis, das Pferd ja ordentlich zu striegeln, aber niemals unter dem Schweif am Arschloch, das bloß nicht.

Zu ihrer beider Trost zog Mimmo die auf dem Fest der Schutzheiligen ergatterten Süßigkeiten hervor, doch Nanà stieß sie mit der Schnauze fort, sie wollte nicht mehr fressen, sie wollte nichts mehr von diesem Sklavenleben wissen und verriet Mimmo ihren festen Entschluss, dem ein Ende zu bereiten wie Cristofaro, denn nichts war den Schmerz der Sporen wert.

Mit der Hellsicht sprechender Pferde schilderte sie Mimmo das nächste und letzte Rennen, den Start an der kürzesten Seite der Rennbahn am Vorgebirge, die erste Kurve, wo sie bereits eine Kopflänge vor den anderen Pferden lag, die ihr mit schaumiger Kandare nachblickten und sich ratlos fragten, wozu dieser Spurt, wozu der unbedingte Beweis absoluter Schnelligkeit, denn sie wussten genau, dass es ihnen unmöglich war zu gewinnen, und liefen nur, weil es so abgemacht war.

Bei der nächsten Kurve hatte Nanà das Rennen in der Hand und empfand den Jockey als nutzlose Last, sie brauchte keinen zusätzlichen Ansporn, und auf der Gegengerade fing der Jockey sogar an, ängstlich an den Zügeln zu zerren, weil er spürte, dass das Pferd führungslos und nicht zu halten war, doch sosehr er auch zog, Nanà reagierte nicht, und im Schwindel des Galopps presste er sich panisch an ihren Hals, packte ihre Ohren und riss daran, doch umso stärker verspürte sie die Dringlichkeit zu laufen und stürmte in die lange Zielgerade, als hätten die Strecke und der Raum keine Grenzen, als wären dort weite Felder, der grenzenlose Meereshorizont, gewiss würde sie auch über Wasser galoppieren können wie ein Jesus der Tiere, denn sie wollte das Elend der aus Eisenrohren zusammengeschusterten Tribüne, die verrosteten Banden entlang der Strecke, das erbärmliche Theater der Wettenden nicht sehen, die ihre Überraschung und ihren Spaß so dicht neben ihr herausgrölten, dass sie das Rund ihrer angstirren Augen sehen konnten, und dann der Knall, der in die Menge stürzende Jockey, Nanà, die mit den Hinterläufen ausschlug, die vorderen versenkt im Gewirr aus Blut und Metall.

Sofort flog der Betrug mit dem Sporn auf, doch Giovanni und sein Kumpel Saverio hatten die Rennbahn am Vorgebirge bereits verlassen, weil sie wussten, dass sie teuer dafür bezahlen müssten.

Nanà erzählte Mimmo, dass sie im Todeskampf den Richter mit der erlösenden Pistole auf sich zukommen sah, der wusste, dass es keine weiteren Rennen und keine Zukunft mehr geben würde. Und als er schoss, tat er es nicht aus Mitleid, sondern aus Groll, hinters Licht geführt und betrogen worden zu sein. Und obgleich Nanà ein einziger Schuss genügte, schoss der Richter noch einmal, doch nur aus Hass. Das erzählte sie Mimmo, ehe sie für immer verstummte.

Mimmo verließ den Stall, denn Nanàs Schweigen und Cristofaros Abwesenheit hatten ihn die Zeit vergessen lassen. Er beschloss, auf der Suche nach Blicken und Trost unter Celestes Balkon vorbeizugehen.

Zwar waren die Fensterläden geschlossen, doch Celeste war nicht auf dem Balkon. Ihr Fehlen war so ungewöhnlich, dass niemand auf der Straße war, um ihrer unvermeidlichen Zählung nicht zu entgehen, die bis zum Abend alles archivierte. Zum zweiten Mal fand Mimmo den Mut, trotz der unmissverständlich geschlossenen Fensterläden, der Ermahnungen der Familie, der Furcht, herauszufinden, was alle bereits zu wissen glaubten, bei Carmela zu klingeln. Niemand antwortete, doch die Haustür öffnete sich.

Auf dem Treppenabsatz erwartete ihn der Verräter, zwinkerte ihm zu, hakte ihn unter und ließ ihn Carmelas Paradies betreten. Mit dem leeren Blick des enttäuschten Gebets saß sie vor dem Bild der Madonna mit dem Mantel, ihr trauerndes Gesicht passte nicht zu dem himmelblau geblümten Dienstkleid, das ihr bis zu den Unterhosen reichte, den nackten Schenkeln, die sofort geil machen sollten, um die Sache nach der neuen Geschäftsstrategie des Verräters schnell über die Bühne zu bringen. Er stellte sich lange Schlangen vor, Menschen, die sich voller Ungeduld auf der Treppe drängten wie zu den legendären Zeiten, als ausländische Korvetten an den Molen lagen. Doch es hatte Krieg gegeben, und die fremden Schiffe ankerten in anderen Häfen.

Der Verräter bemerkte Carmelas veränderten Zustand nicht. Man hatte sie, noch vor der Vermählung verwitwet und erlöst, im Brautkleid an der Seite der Schutzheiligen gesehen, sodass die Liebesfantasien der Männer des Viertels im Aberglauben ihrer Ehefrauen versandeten, die erst jetzt Carmelas Verzweiflung beweinten und sie zu einer der ihren erklärten, denn nicht einmal die Hochzeitsgeschenke waren ausgepackt worden, nicht einmal die Zuckermandeln hatte man gegessen, die mit dem Segen des Pfarrers in Bonbonnieren verteilt worden waren. Wie Nippes standen sie plötzlich auf dem Küchentisch, auf der Dielenkommode, auf dem Nachttisch. Sooft man sie auch versteckte, sie tauchten immer wieder auf und erinnerten unweigerlich daran, wie nahe ihnen und wie ansteckend Carmelas trauriges Schicksal war. Und die Männer kamen nicht mehr in Stimmung.

Der Verräter schob Mimmo an Carmelas verwaistem Paradies vorbei zu Celestes Zimmer. »Für die Jüngeren haben wir was Neues«, sagte er und zwinkerte abermals, »heute gratis, geht auf mich, dann kannst du deinen Freunden davon erzählen, vielleicht springt sogar was für dich raus.« Er schloss die Tür und ließ ihn mit Celeste allein.

Mimmo und Celeste setzten sich Hand in Hand aufs Bett, als blickten sie noch immer von der Ufermauer auf das nächtliche Meer und entdeckten nie zuvor gesehene Horizonte. Mimmo betrachtete die Bücher in den Regalen, die gepackte Schulmappe, Celestes Kinderbilder an den Wänden mit all den Autos und Fußgängern, die sie an den Nachmittagen auf dem Balkon gezählt hatte, Bleistiftskizzen ihres imaginären Vaters, das Porträt von Totò dem Räuber, der lächelte, als würde er die Welt verändern, Nanà in ihrer leuchtenden Schabracke und die Statue der segnenden Schutzheiligen, er sah die Fische und die im Hochwasser Ertrunkenen und die Sterne am aufgeklarten Himmel. Das letzte Blatt zeigte das Bildnis eines Jungen von oben, vom Balkon aus betrachtet, und er erkannte sich:

Das war er, wie Celeste ihn sah, und er war wunderschön.

Ohne ein Wort kniete sich das Mädchen auf den Boden und griff suchend unter die Matratze. Sie zog Totòs Messer hervor, das ihre Mutter dort in ihrer ersten Liebesnacht versteckt hatte. Mimmo nahm es entgegen. Er hatte keine Angst.

Sie standen auf und öffneten die Tür. Grinsend kam der Verräter durch den Flur auf sie zu. »Das ging aber schnell.« Wieder zwinkerte er ihm zu und sah nicht, wie Mimmos Hand sich hob. Er stürzte zu Boden und verstand nicht, dass er starb. Seine Augen blickten hinauf in Carmelas lichtblauen Himmel, der sich rasch zu einer sternenlosen Nacht verdunkelte. Erst da ging ihm auf, dass dieses Paradies niemals ihm gehören würde. Tastend kroch seine Hand vom Bauch zur Brust, um zu begreifen, was ihn umbrachte. Als er das Heft der Klinge in seinem Herzen berührte, spürte er die Hand von Totò dem Räuber, die kalt war wie der Tod. Mimmo und Celeste standen da und sahen ihm beim Sterben zu.

Als Carmela sich vom Stuhl erhob, wirkte sie gealtert. Sie nahm das Bild von der Madonna mit dem Mantel ab. Dahinter steckte ein Umschlag mit ihren sämtlichen Ersparnissen. Sie drückte ihn Celeste in die Hand. »Ich habe es getan«, sagte sie, »seht zu, dass ihr fortkommt.« Das Mädchen nahm ihre Schulmappe und zeigte Mimmo eine Tasche mit Totòs Kleidern. Damit würden sie auskommen.

Es war bereits dunkel, als sie auf die Straße hinaustraten. Zum letzten Mal blickte Celeste zu dem Balkon hinauf, dessen nachmittägliche Gefangene sie ihre Kindheit lang gewesen war, und fand ihn klein wie ein Vogelnest. Sie machten sich auf den Weg zum Hafen und folgten der Sirene der Fähre, die zur Abfahrt rief. Sie waren die Letzten, die an Bord gingen.

Während das Schiff in die Nacht vordrang, blickten sie auf die Stadt zurück. Wieder konnten sie die blinkenden Lichter sehen, die von Carmela gerufenen Streifenwagen, die in den Borgo Vecchio fuhren. Man würde Gnade walten lassen. Seit Tagen schon fiel der Verräter den Bullen lästig, wenn er mit vielsagendem Augenzwinkern im Präsidium auftauchte, unangebrachte Umarmungen verteilte und seine als Bitten bemäntelten Forderungen und die durch die Blume gesprochene Drohung fallen ließ, er wisse, wie und warum Totò gestorben sei, dazu Namen und Nachnamen unaussprechlicher Kungeleien. Als sie seine Leiche in Carmelas Wohnung entdeckten, stießen sie einen Seufzer der Erleichterung aus.

Das letzte Heulen der Fähre trug Mimmo und Celeste für immer fort. Die Sirene ließ die verzweifelten Rufe der Stadt, die ureigene Stimme der Straßen, die nächtlichen Geräusche der Fabriken, die beim letzten

Gefeilsche auf dem Markt geraunten Worte zu einem einzigen Laut verschmelzen. Mimmo und Celeste vernahmen ihn zuerst wie einen Lockruf, dann wie eine Drohung, und schließlich verklang der Laut im Rauschen des Kielwassers und im Herzschlag der Motoren.

Weil ihr kalt war, zog sich Celeste die Winterjacke für die feuchten Balkonnachmittage mit den angenähten Handschuhen über. Sie passte ihr nicht mehr. Um sie zu wärmen, nahm Mimmo sie in die Arme. Sie betrachteten das geheimnisvolle Flimmern am Horizont, die Blitze ferner Gewitter, die ihr Ziel niemals erreichen würden, um die Reglosigkeit des Viertels und den unergründlichen Kurs der Fähre über die nächtliche See nicht zu stören. Celeste lächelte Mimmo an, um seine Sorgen zu lindern: Die Gewissheit der Seiten ihres Erdkundebuches waren sicher in ihrem Ranzen verwahrt.

Das Echo der Stadt hallte von den Bergen wider, rollte über die Hausdächer, ging die ganze Nacht wie Regen auf das Viertel nieder und riss den blinden Hund vor der Fleischerei aus seinem wachsamen Schlaf. Er stieß ein Wolfsheulen aus, weil sein sättigender Traum in den jähen Albtraum eines kollektiven Exodus umgeschlagen war und er befürchtete, man hätte ihn alleingelassen, alle wären an Bord und auf See, zusammen mit Mimmo und Celeste. Zu seiner Beruhigung drang aus den Kellern das übliche Zetern der zusammengepferchten Stallhühner, die nicht begriffen, ob oben Tag oder Nacht war und welche Apokalypse gerade über die anderen hereinbrach, denn ihre eigene Bestimmung stand fest. Es war die Gans, die auf ihrem zaghaften Erkundungsgang bis zur Grenzmauer verkündete, wir sind noch da, dem Meer und jedem Tümpel fern, hier sind nur die Pfützen der Gemüsehöker, und die Katze bestätigte, noch immer auf den Balkon gesperrt zu sein, hinter das Hasengitter, das man mit Draht geflickt und ausgebessert hatte. Mit ihrem Miauen weckte sie den Papagei im zweiten Stock, der sprechen konnte. Er zog den Kopf unter der Flügeldecke hervor und spähte aus seinem Käfig auf die Straße, ob zufällig die üblichen Bullen aufgetaucht wären, um den sinnlosen Kreislauf ihrer Belagerungen fortzusetzen. Prüfend ließ er seine nachtklamme Stimme hören. Doch es brauchte keinen Alarm. Im Osten war nur der morgendliche Schimmer eines neuen Tages zu sehen.

## Inhalt

Mimmo .............................. 5
Nanà ............................... 15
Die Sintflut ........................ 37
Das Messer und die Pistole ............... 63
Die Ohrringe ........................ 95
Die Kugel ........................... 107
Totòs Messer ........................ 135

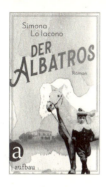

**Simona Lo Iacono**
**Der Albatros**
Roman
Aus dem Italienischen von Verena von Koskull
237 Seiten. Gebunden mit Schutzumschlag
ISBN 978-3-351-03829-8
Auch als E-Book lieferbar

# »Ein Sizilien voller Magie und eine verwunschene Kindheit ...«

La Repubblica

Rom, 1957: Giuseppe Tomasi di Lampedusa weiß, er wird sterben, er wird sein geliebtes Sizilien nicht mehr wiedersehen.
In Gedanken begibt er sich auf eine Reise in das Land seiner Kindheit, in prächtige Palazzi, in die sonnendurchglühten sizilianischen Sommer, in die Welt seiner schönen Mutter und deren Schwestern, eine Welt, in der er das einzige Kind war, allein im Dämmer der endlosen Zimmerfluchten. Bis Antonno auftaucht, ein kleiner Junge, der nicht von seiner Seite weicht in jenem Sommer, in dem Giuseppe erwachsen wird.

Simona Lo Iacono erzählt das Leben des großen Schriftstellers Giuseppe Tomasi di Lampedusa als Roman seiner Kindheit und zeichnet ein außergewöhnliches Leben zwischen den Zeiten nach.

**Regelmäßige Informationen erhalten Sie über unseren Newsletter.**
**Jetzt anmelden unter: www.aufbau-verlag.de/newsletter**

**Pilar Quintana**
**Hündin**
Roman
Aus dem Spanischen von Mayela Gerhardt
151 Seiten. Gebunden mit Schutzumschlag
ISBN 978-3-351-03823-6
Auch als E-Book lieferbar

# Die neue rasante Frauenstimme aus Südamerika

Ein unscheinbares Dorf in Südamerika, eingeklemmt zwischen Dschungel und Pazifischem Ozean. Hier prägen die Gegensätze zwischen Arm und Reich, Schwarz und Weiß den Alltag ebenso wie Naturgewalten und raue Einsamkeit. Damaris und Rogelio sind in den Vierzigern, wohnen in einer kleinen Hütte und kümmern sich um das Anwesen einer wohlhabenden Familie. Sie hoffen schon lange auf ein gemeinsames Kind. Doch Damaris wird nicht schwanger und zu einer Aussätzigen in diesem Dorf am Rand der Welt. Bis sie eines Tages eine kleine Hündin geschenkt bekommt, die ihr Leben radikal verändert ... Ein literarisches Meisterwerk über die ungestillte Sehnsucht nach Mutterglück – und der erfolgreichste Gegenwartsroman Kolumbiens.

»Quintana wirkt Wunder mit ihrer desillusionierten, sachlichen und kraftvollen Prosa.« Juan Gabriel Vásquez

**Regelmäßige Informationen erhalten Sie über unseren Newsletter.**
**Jetzt anmelden unter: www.aufbau-verlag.de/newsletter**

**Nadia Terranova**
**Der Morgen, an dem mein Vater aufstand und verschwand**
Roman
Aus dem Italienischen von Esther Hansen
256 Seiten. Gebunden mit Schutzumschlag
ISBN 978-3-351-03484-9
Auch als E-Book lieferbar

# »Nadia Terranova schreibt mit ungeheurer Prägnanz und Sensibilität.« Annie Ernaux

Als Ida den Anruf erhält, sie soll nach Hause kommen, lebt sie schon seit über zwanzig Jahren nicht mehr in ihrer Heimatstadt Messina. Sie muss ihrer Mutter helfen, die Wohnung ihrer Kindheit aufzulösen – der Ort, den ihr Vater eines Morgens verließ, um nie mehr wiederzukehren. Da war Ida dreizehn, der Vater depressiv, die Mutter hilflos. Im Schweigen und gequält von Erinnerungen wächst Ida auf und verlässt Sizilien, so schnell sie kann. Nun folgt sie dem Ruf der Mutter und kehrt zurück in die Stadt zwischen zwei Meeren und in eine Vergangenheit, die sie immer noch nicht loslässt …

»Ein Meisterwerk – Nadia Terranova beschreibt eine universell weibliche Erfahrung.« L'Espresso

**Regelmäßige Informationen erhalten Sie über unseren Newsletter.
Jetzt anmelden unter: www.aufbau-verlag.de/newsletter**